繆斯

The eye of Muse

之眼

馮冬

▌序言

　　本書收錄的乃是一段段「激烈思想」的產物（看不見的被凝縮的「激烈」，甚至帶著某種天真），各篇章的創作時間已從我身後逝去——最早一篇約作於2009年——卻在「詩」這個場域內留下了難以磨滅、但也難以追蹤的痕跡。這些文字究竟遭遇到了什麼，將走向何方？從與詩最初的相遇到最近的閱讀，縈繞我的問題始終是：如何把詩帶向被理論之思貫穿的一種獨有的理解？如何打通詩與非詩（哲學、精神分析、神學、意識）的內在能量通道？本書看來並沒有提出一種新的詩學理論，而僅僅保持為對現象及觀念世界的層層推進的鑽探，保持為向他者／他性的開敞。在閱讀和寫作中，我臨近至為阳異的時空。或許詩只是一扇門，很多人迷戀於門上的花紋，而我只想徑直穿過它。

　　藉著繆斯之眼，也即詩的源泉之處的天啟觀看，我試著看透作為語言之技藝的詩學，看向詩的全景，同時留意語言自身攜帶的難以轉述的奇異。這是一種「全息透視」的嘗試，當然，帶著對所謂「學術衝動」的抑制，逼迫自己說出那些關於詩的本質的東西。藉著理論，但不再歸屬理論。如果我們不能把詩溢出歷

史與文化的那一部分剝離出來，那麼它很容易淪落入被不斷轉述的境況；詩性空間很容易被那些看似強大的文化話語塞滿，被擠出自己的內在。這也是為什麼我從未以「譜系」的方式來思考詩歌，在我看來，對譜系的談論乃是對詩的最大遮蔽，因為造就一個詩人的只能是屬於他自身的那個黑匣子，譜系或流派研究無法深入詩的「內在體驗」，它們總停留在「影響」這類領域。詩並非可以藉助「背景」而得到理解，很多時候，它隱入其中的地方也不再構成理知的對象。

如此，本書必然是缺乏體系的，繆斯的眼裡並沒有一個總綱，它不是靠邏輯線性連接，而是多點互動。各篇章相互獨立，暗中牽動，無始無終，有正面論述也有側寫，時空交錯，一個個沉思的片段散落於此，溢出了一般意義上的「詩學」。「陌異學」或許是個更好的描述。最後，我刪去了所有注釋，卸下了學問的腳手架。我相信，所有關於詩的文字都應是原創，它們的出處乃是可查的神祕，而至高的文學批評無異於「魔法批評」，它從詩的水晶球裡看到的正是過去、現在與未來，轉動這個水晶球，或能窺見我們生命中一直未被說明的部分。

目次

詩歌眼

布羅茨基的〈我坐在窗前〉

布羅茨基的〈我坐在窗前〉一詩寫於1971年，他正31歲。次年，他被蘇聯政府流放以色列，因為他是猶太人，雖然最後他去的是美國。當然，在這之前，他曾經歷審判和流放，兩次進監獄。蘇聯當局將他驅逐出境，是一系列布羅茨基事件的終局。該詩代表了他的基本風格——謹飭的形式，均勻的節奏，矛盾修飾法，自嘲口吻，玄學奇思等等。更重要的是，該詩在主題上凸顯了窒息與廢墟的雙重壓迫。儘管有論者指出，布羅茨基在流亡美國後從多恩的玄學風格轉向了巴洛克風格，但詩人在流亡前後所承受的現實壓力實則沒有太大變化。風格的嬗變並不等於主題的轉移，很多詩人一生都在用不同的方式寫同一首詩。流亡不過加重了他的疏離感與存在的孤獨。如布羅茨基所述：「時間的流逝很少能影響體內的那個存在物」，即詩人抵禦外在壓力的剛性自我。布羅茨基的這首詩也許揭示了他在不斷的變化中保持不變的那部分。通過對該詩逐句的閱讀，我們來傾聽一個帶著腳鐐跳舞的聲音，一個曾在西伯利亞的嚴寒下凍得發抖、只能靠寫詩來溫

暖自己的聲音，一個對我們這個時代有著宏大啟示的俄國人的聲音。全詩如下：

我坐在窗前

　　　　──致列夫‧洛謝夫

我說命運玩著不計分的遊戲，

有了魚子醬，誰還要魚？

歌特式風格再度勝利，

讓你興奮──無需可卡因，或大麻。

我坐在窗前。窗外，一棵白楊。

我如果愛，愛得很深。這不常發生。

我說森林只是樹的一部分。

得到女孩的膝，誰還要她整個人？

現代紀元掀起的灰塵令人惡心，

俄國人的目光落上愛沙尼亞的尖頂。

我坐在窗前。飯已吃完。

我在這兒曾快樂過。但我已不再快樂。

我曾寫下：燈泡恐懼地注視地板，

愛，雖是行動，卻少了動詞；

歐幾里德認為消失的一點化作了零，

這不是數學——這是時間的虛無。
我坐在窗前。坐著坐著
想起我的青春。有時我笑一笑。有時啐一口。

我說樹葉可能毀滅幼芽，
養料掉進休耕地——啞彈；
平坦的原野上沒有陰影，大自然
徒勞地播撒樹的種子。
我坐在窗前。雙手鎖膝。
沉重的影子與蜷縮的我相伴。

我的歌走了調，我的嗓音沙啞，
但至少沒有和聲能將它伴唱。
人們深知，這種談話沒有價值，
——沒人站在我的肩膀上。
我坐在窗前的黑暗裡。如一列快車，
層層波浪在舞動的窗簾外撞擊。

我忠誠於這二流的年代，
並驕傲地承認，我最好的想法
也屬二流，但願未來將它們視作
我掙脫窒息的紀念。
我坐在黑暗裡。難以分辨

內心的黑暗，與外面的黑暗，哪個更深。

　　該詩寫給布羅茨基的傳記作家兼研究者洛謝夫。洛謝夫比布羅茨基大幾歲，他們是在列寧格勒的一次詩會上認識的，很快成為好友。他倆的經歷有幾分類似，洛謝夫也熱愛詩，寫詩，後來也流亡到美國，但他終究沒能成為布羅茨基那樣的詩人，反倒成了他忠實的追隨者。洛謝夫之所以放棄寫詩，乃是因為已經完全被布羅茨基的天才所征服。他坦承道：「除了約瑟夫的詩，我的確不再需要其他的詩了……包括我自己的詩在內……布羅茨基替我說出了一切。我想加以表達的一切，都被他表達出來，而且還表達得更為迅速、有力、醒目和有趣。」作為編輯和學者，洛謝夫不遺餘力地幫助布羅茨基在蘇聯發表詩作，編撰《布羅茨基的詩學與美學》，推動其作品的研究。作為詩人，布羅茨基無以為贈，除了詩。他在流亡前夕將這首詩送給洛謝夫，似乎在向好友道別，總結自己的「前半生」並「展望未來」，不管這未來多麼地黑暗無光。

　　詩以「我說」開始，彷彿在講故事，又好似過來人的諄諄教導，口氣疲憊。一上來就點破命運本身的平淡無奇。不計分的遊戲如同商場裡的贈品，無用而棄之可惜。這種遊戲裡沒有輸贏，沒有驚險，只有時間那單質的、柏格森式的綿延。也可以說，最後的贏家總是死亡。布羅茨基曾不無玩笑地寫道：「人生是一場遊戲，有許多規則，卻沒有裁判……難怪許多人作弊，贏家少，輸家多。」將命運或人生喻作玩遊戲很常見，但「不計分的遊

戲」這樣的矛盾語將我們拉出慣常的思維軌道，在瞬間加速了我們對命運的理解。此即洛謝夫所說的「迅速、有力」。詩是作加速離心力運動的語言，詩人的痛苦和歡愉在於他得承受詞語的離心力，並非自身命運的離心力，而前者要求更強健的神經。不計分的遊戲戳穿了古老的斯芬克斯謎語：我們在命運的神話中看見的是我們自己。命運喪失了超驗的、不可知的向度。那作為最終裁判的上帝，或許一直都缺席。在沒有裁判的遊戲中，怎麼玩都可以。此處迴響著《卡拉馬佐夫兄弟》中伊凡的那句著名的話：「若沒有上帝，什麼都可以做。」布羅茨基讀過薩特和卡繆，存在主義哲學的「虛無」與「被拋」對他產生過深刻影響。

第二句：「有了魚子醬，誰還要魚？」似乎與首句毫無關係，果真如此嗎？首句是一個普遍命題，第二句是一個特殊命題。布羅茨基似乎想說，魚就是在那不計分的遊戲中被淘汰的對象。在生活節奏猛然加快的現代社會，人們不再需要魚，吃魚太費勁，刺太多。人們更願意吃加工後的魚的精華——魚子醬。也就是說，魚的整體被它的部分替代了。魚在這不計分的遊戲中變成了肉醬，反諷地被自己的碎片所取代。從宗教層面看，魚是基督教的象徵。《路加福音》裡耶穌對漁夫彼得說，從此你要「得人」了。魚子醬對於魚的勝利，暗示現代性對傳統信仰的剝奪。人們放棄了活潑的、性靈的魚，選擇了物質化的、死的魚子醬。

哥特式建築風格流行於十二至十六世紀的歐洲，在十九世紀獲得復興。在「歌特式風格再度勝利」中，布羅茨基告訴我們，這是一個混亂的時代，舊的東西死灰復燃。哥特式風格比毒品更

有效地使人沉醉於恐怖的享樂。這裡，作者似乎暗示斯大林的恐怖統治激起了全國人民的興奮。在哥特式的政權下，人們獲得與吸毒類似的意識形態的快感——不管這種快感與死亡衝動多麼地接近。

二

　　如果布羅茨基這樣一直寫下去，我們將很難跟上，因為他一直在非邏輯的抽象陳述中跳躍。他需要一些個性化的抒情，一些可辨認的場景，來錨定這些反思。布羅茨基愛好玄學思辨，但他在本質上是抒情詩人，洛謝夫甚至將他與普希金相提並論。在第五行中他露出本相。詩人收攏思緒，托出當下地點，並點題，「我坐在窗前」。既然他坐過兩次監獄，這兒的窗未必不是鐵窗，正如他說，「學校是工廠是詩是監獄是學院是厭倦」。他看到窗外有一棵白楊。通常來說，一個詩人在窗外會看到兩種景物，一種是波德萊爾筆下喧鬧的人群、現代性的煙塵。詩人隔著透明的詩意的屏障，從窗內窺視窗外，既滿足觀看欲，獲取詩的素材，又不至於冒險。另一種則是內心的景物，詩人在窗外看到自己的鏡像，比如這棵孤獨的白楊。布羅茨基在自己與時代之間，拉出一個距離，時代的加速度並不妨礙他自己平靜的孤獨。他不願參與世界的進程，儘管哥特式風格以席捲一切的氣勢向他襲來。他內心的孤獨難以被時代觸及。

　　「我如果愛，愛的很深。這不常發生，」這一切與愛有關。與情慾旺盛的聶魯達相反，布羅茨基遠不是一個愛情詩人，他很

少談論愛情。正是在這樣的詩人身上，我們要傾聽他關於愛的論述。首先，這一行巧合地押上韻：「深」與「生」，正如首行的「戲」押韻第三行的「利」，以及第二節的「分」押韻「人」等等。但這樣的韻多了，就不是巧合，而是漢語自身的音節在譯者的無意識中被啟動。班雅明在〈譯者的任務〉一文中指出，翻譯不是把一種語言的意思用另一種語言再說一遍，而是去「照看原作語言的成熟過程和自己出生時的產痛」。這個產痛體現在韻律與節奏上，在詩的轉譯中，我只能重塑韻律和音節。既不能照搬原詩的韻，又不能譯成散文。最好的方法是放棄主觀的操縱，聽從漢語自身的聲音，讓語言通過譯者來說話，讓原詩穿透我們的理解，從另一端出來，成為新生的嬰兒。

「我如果愛，愛的很深。這不常發生。」這些話語如果在通常狀況下說出，我們也許不會感到驚訝，但它出現在對命運、時代的反思之後，便獲得強有力的助推，因而具有本真性。這句詩的力量源於它的否定：這不常發生。有的詩人經常戀愛，愛的是歌德所謂的「永恆的女性」，在不同的女人中尋找同一個女人。他不得不戀愛，不得不每天驚呼「我愛」，否則，都寫不出詩來。相反，布羅茨基看上去不像能輕易愛別人的人。他有一張中年的照片，下巴滄桑，眼神冷漠，頭頂光禿，頭髮花白，刮過鬍鬚的臉如剛收割完的莊稼地。他看上去就像雪萊或拜倫的反面，他抒的是無愛的情，或愛情的喪失。

我們看到，這是一個sextet，六行詩，每節六行，最後兩行作為疊句，共六節。布羅茨基為何選用這樣的形式？因為他想模

仿六重唱，儘管他後來承認「我的歌走了調，我的嗓音沙啞」。第一節是六重唱的基調和開場白，後面的調子將越唱越高。這與拉赫瑪尼諾夫的鋼琴協奏曲類似，開始部分是低沉而華麗的迴旋，慢慢活潑起來，節奏加快，進入呈示部。不僅每一節的內部有漸進，每節之間也形成漸進，波浪般地向前推進。這與布羅茨基的出生地有關：「我出生、成長在波羅的海的沼澤旁／並肩前行的鋅灰的碎浪／於是有我所有的韻，於是有我／暗淡、平坦的聲音。」

第二節仍以「我說」開頭，與第一節形成語義上的對稱，彷彿他有很多的苦水還未倒完。「樹」的意象回應前面的「魚子醬」，涉及部分與整體的關係。「森林只是樹的一部分」這個矛盾語指明部分大過了整體，否定了整體的同一性。從後現代哲學看，整體性（森林）本來就是一個虛假可疑的形而上概念，它在本質上無法涵蓋雜多的個體性（樹），儘管它極力促成意識形態對個體的收編與同一化。布羅茨基更想做窗外那棵孤獨的白楊樹，而不是加入森林的整體，正如他不願加入哥特式風格的喧囂。另一種解讀為：森林是從單個的樹長出來的，沒有樹就沒有森林。這意味著，我們是歷史的一部分，歷史的孩子，正如布羅茨基稱俄國詩人曼德爾斯塔姆是「文明的孩子」。我們無法逃脫傳統，命中注定要繼承它。此處沒有唯一的解讀，只有矛盾語所指引的各個方向的意義的延伸。

緊接著，詩人又拾起愛情的話題，語氣變得尖刻嘲諷。對於愛情他已經完全失望，愛情並不超越動物般的性滿足。女孩的

部分（膝）——如同魚的部分（魚子醬）、森林的部分（樹）
——成為了超越整體的部分。在一首題為〈愛情〉的詩裡，布羅茨基寫到：「我們再度成為雙脊背的動物／孩子是我們赤裸的理由。」在另一首詩裡，布羅茨基說得更直率，甚至粗野：「掀起長裙後／沒有驚喜，只有你早已料到的。」在布羅茨基看來，男女之愛在本質上是失敗的，它無法輓救命運的崩頹，也不能消除存在者的困倦。

「現代紀元掀起的灰塵令人惡心。」他終於說出他想說的了，拋掉旁敲側擊後，他直接吐出「惡心」這個詞。這恐怕是從他的精神導師奧登那裡學來的。我們記得奧登在〈1939年9月1日〉一詩中寫道：「精確的學術可以／發掘從路德至今日／使文明變得瘋狂的／所有侵犯。」布羅茨基認為「瘋狂」這個詞在奧登的舌尖上轉了很久，終於被吐出來。同樣，他在這首詩裡做許多埋伏，恐怕就為使用「惡心」這個詞，這個暗示薩特的同名小說、一下子擊中現代人肋骨的單音節詞。

只有那些厭棄自己時代的人，才具備宗教的情懷，從耶穌開始就是這樣。耶穌不也憤怒地詛咒那個「不信的時代」？然而，現代性的煙塵似乎並未完全遮蔽信仰的尖塔：「俄國人的目光落上愛沙尼亞的尖頂。」愛沙尼亞是波羅的海邊的一個小國，在1940年併入蘇聯，1991年獲得獨立。尖頂（spire）似指教堂的尖頂，詩人此刻渴望宗教啟示。「落上」（rest on）這個詞意味深長，帶有「休憩」的涵義，布羅茨基此時不過30來歲，卻深感心力憔悴，看遍塵世浮沉，發現只有教堂的尖頂可以休憩目光。同

時，他大膽地稱自己為「俄國人」，的確，俄國人身上有外人難以理解的東正教情結，這在陀思妥耶夫斯基和托爾斯泰的小說裡有充分的展示。這裡布羅茨基將普遍性（俄國人）與特殊性（尖頂）相牽連，意在指明，流亡分子除了自己的國籍、母語還有信仰，已一無所有了。

疊句的規則是既要重複又不能完全重複。於是，他的視線從窗外收回來，看著桌子，發現「飯已吃完」。The dishes are done 也指「碗已洗完」。詩人吃完飯，洗完碗，再沒什麼好做的了。快樂的時光已過去，前面是未知的黑暗。我們不禁要問，是什麼讓詩人如此低落？是入獄？審判？流放？即將到來的分離？是不計分的命運還是哥特式風格的勝利？可能是這一切，也可能都不是。第二節與第一節基本形成對稱，但更為低沉，第一節尚有「勝利」這樣高亢的字眼——雖然是反諷，到了第二節，只剩下「灰塵」了。愛沙尼亞的尖頂可望而不可即，而現代紀元的煙塵已將他熏得夠嗆。女孩能給的安慰，也只是一閃而過的溫柔。

第三節的開頭沒有矛盾修辭，為了避免單調的重複，布羅茨基用「我曾寫下」代替「我說」，用嚴肅代替調侃。我們慢慢進入六重唱的中心，即協奏曲的呈示部。詩人減縮矛盾語，直接給出情形或場景：燈泡恐懼地注視地板。事物間熟悉的相關性被抽離，自我直接與陌生客體相遇，落入海德格所說的「畏」之中：「畏所為而畏者，就是在世本身。在畏中，周圍世界上手的東西，都沉陷了。」燈泡作為「上手事物」並不知道畏，只有人的

意識猛然發覺自己處於被拋的境地，才會生出畏，才會有厭倦、惡心、世界沉陷的感覺。這是一種沒有物件的、光禿禿的空落感。在斯大林的審訊室裡，在關押政治犯的監獄裡，這樣的燈泡應該不計其數。

第三節的第二句也許是全詩最為震撼的高潮：「愛，雖是行動，卻少了動詞」，一下子將讀者推向抽象與具體、詞語與事物、理念與實踐、愛與無愛之間的巨大深淵。缺少動詞的愛即是自我與愛者的永恆分離。如果說柏拉圖在動詞的意義上使用「愛」──「愛」是對「美」與「善」的理念的慾望──那麼布羅茨基則抽離慾望的運動，留下一個倦怠的、癱瘓的、被禁止的愛的空殼。另一種闡釋為：我們找不到合適的動詞來描述愛，因為愛是神聖者對人的愛，只有永恆的神才能「愛」，人類只能去「信」。布羅茨基在很多地方提到愛的無限性與神聖性。他曾說：「人類所有的愛加起來比不上耶穌張開的雙臂。」對於基督式的愛，我們的確找不到動詞可以形容，因為它已超越了慾望、索求、給予，它是神祕的、無限敞開的。

剛一離開語法隱喻的層面，布羅茨基又進入幾何學，他似乎對幾何、直線等概念很感興趣。直線規劃出愛人永久的分離：「拿起一支筆吧／在白紙上卑微的兩點間／畫下一條垂線／彷彿天空的支撐……／分離／無論如何／都是一條堅定的直線。」在布羅茨基看來，直線的消失處等同於「時間的虛無」，此在的籌劃在時間性中展開，而時間性本身受到死亡的終極約束。從永恆的觀點來看，時間本身即是虛無與幻象。白紙上直線消失的端點

等同於無窮無盡的時間，人等到死的時候，還無法與愛人見面，而沒有愛人的時間，無疑顯得太多。

第三節的疊句又比第二節進了一步。看完樹，吃完飯，洗完碗，只好坐著，回想自己的過往。對於逝去的青春，詩人頗為矛盾，回想起來有時高興，有時覺得不值一錢。「啐一口」表明不屑、廢物。一個人最美好的年輕時光竟是一片廢墟，我們幾乎看到一個俄國版的金斯堡。「啐一口」是有來歷的，崩頹感與廢墟感貫穿著布羅茨基的一生。他的生活經歷異乎尋常，他從小就將世道看淡。他十五歲那年因厭倦制度化教育而自動退學，高中都沒讀完，此後再沒接受過學校教育。在流亡美國前，他幹過很多工作：地質勘探員，停屍房看守，浴室鍋爐工，燈塔看守員。他第一份工作是在彼得堡的一家軍工廠裡生產大炮。他在自傳〈小於一〉中回憶當時的生活情形：「每天清晨，我喝一杯淡茶將早餐衝下喉嚨，便去趕公共汽車，將我這枚漿果附在汽車踏板上的灰色人形葡萄串上……來到我們廠那木製狗窩似的門口……我的車間裡，天花板下面深淺不一的灰色互相混雜，地面上氣泵的橡皮管絲絲地冒氣……十點鐘，這片金屬叢林完全活動起來，尖叫著，轟鳴著。」這不是實驗主義的油畫，這是布羅茨基當時的生活現實。很難把這種現實同一個詩人聯繫起來，怪不得他回憶起自己的青年時代要「啐一口」。最殘酷的職業（製造大炮）與最人道的事業（寫詩）在他生命中竟辯證地匯合攏來，而詩正是將破碎的生活穿綴起來的那根彩線。童年的廢墟感一直將他佔據，以至於他「說出『未來』之際，老鼠／成群躥出俄語，囓嚙

／成熟的記憶，上面的窟窿／是一支奶酪的兩倍」（〈部分言辭〉）。

三 ────────────────────────────

　　第三節的浪頭過去，第四節回到「我說」。樹葉為什麼可能毀滅幼芽？宗教的解釋：「樹葉」是亞當遮羞的葉子，亞當對上帝萌發出來的信仰被這片葉子代表的羞恥感所摧毀。世俗的解釋：樹葉是從幼芽中長出來的，舊的樹葉如果不落下，新的葉子就無法長出。新生事物被已有事物扼殺在搖籃中，創造的才能被強大的傳統所窒息。

　　首先，布羅茨基押了一個險韻bud（幼芽）／dud（啞彈、無用之物），既在意義上形成完美的對立，又炫耀了驚險的詩藝，畢竟能與bud押韻的詞很少，好比能與love押韻、而且意義上有牽連的幾乎只有dove。「啞彈」揭示出信仰與生命的中途夭折。至於這塊「休耕地」是不是指斯大林統治下的蘇聯，我們無法確知。然而，儘管幼芽成為不開花的啞彈，養料也白費，布羅茨基絲毫沒有對著荒蕪的時代豎起他的中指。他拒絕成為歷史的受害者，儘管他被歷史捉弄。他告誡我們：「要小心你的中指，因為它慣於指責別人」，而「一個自由的人失敗時，不埋怨任何人」。悲劇裡英雄的倒下只是一個時間問題，他可能在任何一個政權，在任何一個時代倒下。

　　「平坦的原野上沒有陰影」，我們似乎看到了一千多公里長的、寒風肆掠、無可遮擋的西伯利亞平原。在布羅茨基的詞彙

裡，「平坦」暗示著死亡。他有一首〈丘陵〉：「死亡，這只是平原。／而生命，是丘陵，丘陵。」平坦的原野猶如停止跳動的心電圖——一根直線，沒有任何的變化，直達永恆。沒有樹蔭的原野是純粹空間的展開，沒有生命的氣息，因為生命的種子掉進休耕地裡被浪費了。播種的比喻立刻令人想到《路加福音》裡著名的寓言：「當時有許多人聚在一起，還有人從各城來到耶穌那裡，他就用比喻說：有一個撒種的出去撒種。撒的時候，有落在路旁的，被人踐踏，天上的飛鳥又來吃盡了。有落在盤石上的，一出來就枯乾了，因為得不著滋潤。有落在荊棘裡的，荊棘一同生長，把他擠住了。又有落在好土裡的，生長起來，結實百倍。」布羅茨基的世界裡從來沒有「好土」，到處是荊棘與石頭。於是，喪失信仰後的人直接與平坦的死亡照面，在死亡的規劃下存在。最後兩行回到窗前，此刻詩人看完樹，吃完飯，青春也回憶完，更無事可做，只好「雙手鎖膝」。身子蜷曲，越縮越小，極像蹲在陰暗角落裡的囚犯。自己鎖住自己，更無人可救。惟影相伴，彷彿李白的「影徒隨我身」。

布羅茨基的詩中，濃郁的抒情與抽象的思辨相互穿插。那些似非而是的矛盾語，無法一一對應的暗指，那些幾何與直線的玄思，無不與內心的情感有所瓜葛。布羅茨基每使用一個比喻，每喚起一種不確定性，每描繪一處另類的風景，都是為了打破生活的單調重複，在最不可能發現關聯的地方發現關聯，比如「愛」與「動詞」，以拓寬人類感知的領域與感性的細膩度，帶來美的驚奇。詩並不是純粹的技巧，而是被強烈的內心情感貫穿的陌生

化言說。於是，內心與景物難以分辨，所有的陰影何嘗不是內心的陰影，播種的大自然也可視作詩人自身，徒勞地播散著異質思想的種子。燈泡的恐懼是他自己的恐懼，被官僚的葉子毀滅的幼芽，也就是他自己。然而，這並非浪漫主義以來的唯我思想，那種在一切自然事物中進行移情的傾向。布羅茨基很少賦予大自然以情感，而是將自然與內心狀態相並置，在自然中發掘可供抒情（不管是哀歌還是牧歌）的原始素材。洛謝夫只說對一半，布羅茨基不僅是普希金，他也是維吉爾、霍拉斯，是那些雖然抒情、又意識到抒情的局限的古典主義詩人。

第五節的語調升了起來，開頭像一個自白：「我的歌走了調，我的嗓音沙啞。」其實哪裡有走調？原詩每行十音節，兩行一韻，形式整齊如十八世紀英國詩人亞歷山大・蒲柏的句子，雖然每行內音步的分配確實有些凹凸不平，他畢竟不是奧登或葉慈。走調的歌打破時代的和諧，不入當局的耳朵，自然會惹來麻煩。他在〈文明的孩子〉一文中論述曼德爾斯塔姆時說，「如果他只是一個政治詩人，或者沾染政治的詩人，他很可能躲過那橫掃俄國的鐵掃帚。畢竟，他事先得到警告，應該從其他人那裡學乖。然而他沒有學到，因為他的自我保護能力在很早以前，就讓位給他的美學。」詩人被審判、入獄、遭流放，不是因為他的政治觀，而是因為他的美學，他的抒情：「一首詩即是對整個存在秩序的質疑。」

詩不是花環，布羅茨基的頭上沒戴月桂冠。相反，他蹲在信仰、愛情、現代文明的廢墟裡，用「沙啞的嗓子」唱歌。他的繆

斯住在監獄鐵欄裡，住在行軍床上。詩從不生長於肥腴的沃土，布羅茨基曾援引阿赫瑪托娃：「詩從垃圾中生長。」在〈無樂之歌〉一詩中，他寫道：「用孤獨的思想垃圾／沒能說出的話——用我們／堆積在溝縫裡的廢物／它遲早有足夠的積累／可以昂首闊步。」這已不是浪漫主義以來的普遍愉悅的康德美學，而是廢墟的美學，被打碎、解構的美學。布羅茨基印證了阿多諾的絕對律令：「美必須死去。」當代詩藝在傳統審美觀的毀滅中獲得自身的救贖與清償。在後奧斯維辛時代，寫詩不是野蠻的，更不是不可能的——全世界無數人在寫——只是詩人們的「觸角」已經發生轉移（龐德曾說詩人是人類的觸角），轉移到無法呈現的歷史創傷上面。所以他們傾向於否定的美學，傾向於對破碎、廢墟、空無、沉默、亡靈的召喚，例如策蘭、米沃什、默溫、西米克等人的作品。許多當代詩，都是沙啞的，走調的，包含了自身不可化解的矛盾，以自身的破碎來抵抗現實的破碎。

再來看這個「和聲」（chorus）。這不是隨便什麼「合唱團」，而是古希臘悲劇裡為英雄預報命運的那群神祕女人，她們彷彿就是命運的化身。布羅茨基此處把自己比作時運不濟的悲劇英雄，雖嗓子沙啞，沒什麼話語權，但自己的聲音終歸是自己的，不會湮滅於芸芸大眾。此處詩人宣揚個人主義，否定社會、歷史、他者對個人價值的裁定。「沒人站在我的肩膀上」反用牛頓的名言，營造一個孤獨的形象。作者不再重複「我坐在窗前」，而說「我坐在窗前的黑暗裡」，點出無光的此刻與不可見的未來。他聽到滾滾的時代潮流從窗外飛馳而過，撞擊窗簾。這

與前面靜態的蜷縮形成巨大反差，此即自我與世界，詩人與時代的反差。同時，飛奔的列車預示著越來越快的分離和脫軌，越來越快的向著命運終點的衝刺。

四 ————————————————————————

　　誠然，政治上的窒息是鑄成心靈廢墟的一大原因。在斯大林政權下死去的人遠多於納粹集中營。他心儀的另一位傑出的詩人曼德爾斯塔姆就因寫詩諷刺斯大林被流放至死。〈我坐在窗前〉一詩中，布羅茨基把寫作看成「掙脫窒息的紀念」，詩成為對歷史總體性的一種突圍方式。詩並非只是形式與語言上的遊戲（如美國當代的語言詩人），而是人在死亡威脅面前的變聲的吶喊。詩充當著生與死之間的媒介，它通過毀滅詩人使文化得以延續。在紀念曼德爾斯塔姆的文章中，布羅茨基開篇即說：「由於某些奇怪的原因，『詩人的死亡』聽上去總比『詩人的生活』更加具體。」在為曼德爾斯塔姆的遺孀寫的悼詞中，他又說：「三、四十年代的政權高效地生產出許多寡婦，到了六十年代中期，她們的人數足以組建一個工會。」布羅茨基認為，正是曼德爾斯塔姆、阿赫瑪托娃這代人，以及出生於納粹焚屍爐超負荷運轉時代的這一代人，在延續著俄國的文化傳統。這樣看來，布羅茨基「最好的想法」並不是「二流」，他之所以用這個反諷，意在坐實一個「二流的年代」。

　　布羅茨基40歲生日的時候，寫了一首詩總結自己前半生。與〈我坐在窗前〉相比，該詩無疑更直白地道出流亡的辛酸：「漆

過豬圈和牛棚」;「什麼都喝過,除了乾涸的水」;「吞下過流亡的麵包,發霉而粗糙/胃裡發出過所有的聲音,除了嚎叫」;「我喊出一聲聲感激/直到黃土填滿我的喉管」(〈1980年5月24日〉)。此處令人想起顛沛流離的杜甫,在窒息與廢墟中艱難地尋求人的尊嚴:「長安苦寒誰獨悲。杜陵野老骨欲折」;「飢臥動即向一旬,敝衣何啻聯百結。君不見空牆日色晚,此老無聲淚垂血。」杜甫在戰亂時代的漂泊生活與布羅茨基在集權統治下的流亡命運,很難說哪一個更悲慘。杜甫同樣生活在一個「二流的年代」,唐朝的開明盛世已漸遠去,軍閥跋扈,民生潦倒。他敏銳而痛苦地感受到時代的分崩離析:「秦川忽破碎,涇渭不可求。」在政治上,杜甫與布羅茨基同是被窒息者。杜甫多渴望自己「走調的歌」與「沙啞的聲音」能被當局聽到,結果他一輩子也只做了個司空參軍類的小官兒。然而,杜甫的破碎感不及布羅茨基來得強烈,來得虛無。杜甫並不缺少愛,而布羅茨基卻能夠寫下令人震撼的「愛,雖是行動,卻少了動詞。」還有什麼比這更令人絕望?「窗前的黑暗」與「內心的黑暗」連手將布羅茨基推入一個無愛的深淵,在那兒,「你將看到/生命如何吞沒了愛的身影」。在那兒,我們失去了動詞,再也不能做什麼,而死亡早已等在門口:「我睡著了。/我白天醒來時,/北極磁場加強了它致命的吸引。」

沉默的對白：
讀西米克的詩

　　當代美國詩人查爾斯・西米克（Charles Simic）的詩以自我對白來呈現主體的分裂和異化。這種意識之於無意識的獨白取消了對於主體身分的哈姆雷特式的宏大追問，而代之以一種低調的、簡約的、去修辭的、「零度寫作」的風格。在〈內心的人〉一詩中，反抗的抒情主體喜劇性地裂變為複數：「我們對著世界／扮出同樣／醜陋的怪臉／我撓癢／他也撓癢。」「我」的內核中隱藏了一個「陌生人」，「我」與此人獨坐到半夜──「洗著我們沉默的牌」，最後，「我」絕望地對「他」說：「儘管你發出／我的每一個詞／你卻是陌生人。／你說話的時候到了。」命令式的結尾透露出自我認知的緊迫和焦慮，而本我的沉默／失語則暗示自我的追問始終懸而不決。正是這種「欲言而止」，這種處於懸崖邊緣的沉默道說，同時賦予西米克詩空間上的封閉性與敞開性。詩人在看似簡單的、減值的語義單位上展開了對存在的複雜追問。

　　西米克是製造恐怖的沉默氣氛的高手。他寫過一首〈戰

爭〉：

> 一個女人顫抖的手指
> 歷數傷亡名單
> 在初雪的夜晚
> 屋子很冷，名單很長
> 我們所有人的名字都在上面

此處我們看到羅蘭・巴特所說的「中性寫作」或「白色寫作」：「這種中性的新寫作置身於各種呼聲和判決裡，卻不參與其中……這種透明的言語，由卡繆在《局外人》中首次加以運用，他完成了一種不在場的風格……於是寫作被歸結為一種否定模式，語言的社會性或神話性被消除，以換取一種中性、惰性的形式」。卡繆小說裡的主角在母親的葬禮與自己的審判中採取不介入、不在場的消極態度。同樣地，西米克詩中戰爭的通常元素（戰士、戰場、炮火、喧囂、流血、殺戮）全不在場，只見一個與辛德勒名單相反的死亡名單出現在「初雪的夜晚」，且被一個女人（一個失去兒子的母親或失去丈夫的妻子）「顫抖的手指」所歷數。殘酷的戰爭被裝上消音器，戰爭的後果沒有被展現為觸目的橫屍遍野，而是被缺席化，被移置（可以從佛洛伊德關於夢的分析上來理解這個詞，因為整首詩彷彿一個夢境）、縮小、聚焦於一個封閉點──屋子，或名單，或再小一些，手指。詩裡各個細節並不直接指向戰爭，而努力去營造不確定的恐怖氣氛；這

在某種程度上符合馬拉美說的詩必須暗示的象徵主義詩學，因為這種「不介入」的暗示比直接描述更為可怕。文德勒（Helen Vendler）點破道：「你逃不出西米克的詩，進去之後，你就被監禁在那毫不妥協、無法拯救的世界裡。」

西米克慣於構築一個沉默的世界，在其中回味暴力的本質：「付費頻道上，一個男的和一個女的／飢渴地接吻，撕扯對方衣服／我把音量關掉，一片漆黑／除了螢幕上有／太多的紅色，太多的粉色」（〈天堂汽車旅館〉）。與戰爭暴力實質相同的性暴力也被裝上消音器，性交像卡通畫一樣在螢幕上呈現，像貝克特無聲的荒誕劇一樣被搬上舞台。詩人將自己的聽力剝奪，讓其視覺獨自承受喧鬧色彩（紅色、粉色）的刺激，以產生類似「通感」的效果。這種對暴力的默然「凝視」暗示暴力對人的精神產生的深層吸引與分裂。據佛洛伊德和布羅伊爾（Josef Breuer）看，這是一種宣洩療法（Abreagieren），通過在記憶中重複喚起創傷性事件以達到對它的心理克服。

西米克從小生長在戰火瀰漫的南斯拉夫的貝爾格萊德（後於1954年移民美國），他父親曾遭蓋世太保逮捕，他在一篇回憶錄裡寫到：「一天夜裡，蓋世太保來抓我父親。我正睡覺，突然強光把我照醒，他們亂翻東西，弄得很響。我父親已穿好衣服，喃喃低語，可能在說笑話。他就是這樣，情形再艱難，他總努力顯得幽默。他們帶走他後，我又睡著了。」在暴力與獨裁面前，詩人並沒有激動地大喊，而是沉默不語：「我又睡著了」，部分因為他那時還小，不完全懂發生了什麼事，部分因為精神創傷要

等一段時間才能發作，創傷具有事後性。總之，戰爭並沒有立刻激發控訴性的言語，而是穿透入西米克的無意識裡（根據佛洛伊德，記憶中任何東西都無法被抹去，只能被壓抑），以致他後來寫下：「雲／像騎馬的人／幻影般的解放者／在黑暗的辦公室前舉起刺刀」（〈擦窗戶的人〉）這樣噩夢般的、超現實主義的詩句。

作為暴力的結果，西米克的詩裡充滿殘缺的人與物：盲人，瘸腿，駝背，三個指頭的侍者，無眼睛的鳥，無頭的雞，洋娃娃的空眼眶，開裂的牆壁等等。有時，西米克疊加視覺與聽覺的喪失，以揭示一種無光無聲的黑暗存在：「你將像盲人看一部無聲電影」（〈當我祖母還是個小女孩時吉普賽人告訴她〉）。盲人無法看電影，只能去聽電影，但恰巧又是部無聲電影，於是客觀世界與現象變得荒誕、不可理解。殘缺與空白不過是另一種形式的沉默，加倍的沉默，因為殘缺的（閹割的）人有叫喊、控訴、反抗的權利，它的沉默暗示著人類言說本能的喪失。然而，反過來說，殘缺的人和物無需藉助聲音言說，他／它們的殘缺本身即一種表達，比言語的更有力量：「兩只截肢的肘／舉起一個赤裸的小嬰兒／好讓他呼吸夜晚的空氣。」

對於言說的焦慮、克制，例如「痛苦進入了樹與白雲的沉默」，在西米克身上產生了一種負的、反浪漫主義的、視覺錯亂的詩學。暴力由於超出理解的限度而具有了某種可怕的喜劇色彩。「那天有好多士兵／好多難民擁擠在路上／自然，一隻手輕輕一點／他們全都消失了」（〈天堂汽車旅館〉）。「殘缺」也

被西米克黑色幽默地普遍泛化。「太多的拐杖，甚至日光／也需要一根，甚至上升的煙，也需要一根／……螞蟻拄著玩具拐杖／風拄著幽靈拐杖／到處不安靜／麵包裝了假肢／無頭洋娃娃坐上輪椅／小心，我媽媽正把／兩只小刀當作拐杖／在她蹲下去撒尿時」（〈拐杖風景線〉）。狂歡化與漫畫式的處理方式旨在穿透戰爭暴力，而看似瘋癲的人的與物的肢體語言無疑比單個的、理性的、聲討的話語更具闡釋上的敞開性。

如果說前面的〈戰爭〉一詩只模糊地透露出文德勒稱之為「預兆」的氣氛，那麼在〈探險者〉一詩中，世界則將人類祕密地吸入沉默的黑洞中：「他們在晚上／抵達目標的內部／無人歡迎他們／他們帶的燈／將他們的陰影／投射到自己的大腦裡。」此處沒有形容詞，不可化約、冷峻堅硬的動詞和名詞支撐起柏拉圖的寓言洞穴。時間被取消，或者說，被轉化成了空間。空間在沉默中敞開，邀請好奇的探險者進入，同時又令人恐懼地封閉——燈光將陰影投射到他們自己的大腦裡。探險者開始記錄周遭景象：天空、大地的顏色「不可穿透」，河流彷彿在地底下流淌，他們尋找的「奇跡」和「新星」毫無蹤影。「沒有風，也沒有灰塵」，看來「有人打掃過」。就在他們記錄下這一切時：

　　　　新世界
　　　　漸漸把黑線
　　　　織入他們體內
　　　　最後什麼也沒有留下

除了一聲低語

也許是他們某個

或之前來的人發出的

它說：「我很高興

大家最終都來了……

我們把這兒當成自己的家吧」

艾略特預言的世界終結時的「嗚咽」被改寫、虛化成鬼魂般飄蕩的、無法確認歸屬的「一聲低語」。在這個反諷的「美麗新世界」裡，尋求宗教神啟（奇跡）與生活方向（新星）的努力就這樣莫名其妙地、噩夢般地破滅了。

　　這群探索者可視為被理想誘姦的浪漫主義者，他們天真地進入「目標」探尋意義，卻遭死亡黑線（來自世界內部的某種操縱力量）的侵入、脅迫、規範，不得不在沉默與虛無中安頓下來。他們儘管不滿，也只能勉強「把這兒當成自己的家」，西米克沒有提供另外的出路，他把我們封閉在他的沉默黑洞裡。這首詩可以讀作後奧斯威辛時代的一個寓言：無路可走，價值與意義不在場，如班雅明所言，「毀滅型性格的人永遠站在十字路口」。西米克自己也曾「在噩夢中／到達／十字路口」（〈看修表〉）。敞開的十字路口與封閉的洞穴同樣地讓人無法上路；太多的選擇與沒有選擇實際雷同。浪漫主義價值觀（雪萊所說的「對遙遠事業的忠誠」）在現代戰爭的黑色風暴中早已損毀。現在，人類在一個連廢墟都不是（「有人打掃過」）的「無世界」（海德格所

說的weltlos）的純粹空間裡荒謬地存在。

　　在對詞語難以穿透的物的黑暗內部的探索中，西米克傾向於認同堅硬沉默之物，這表明他現實主義的詩學立場。「進入石頭／那是我的方式。」佛洛伊德在《文明及其不滿》裡提到三種減少不快的方式，第一種是努力去改善周圍的世界，最後一種——最無奈、最殘酷的一種——則是鈍化我們的感覺。痛苦說到底來源於感知，只要麻痺、切斷感知，痛苦也就隨之減輕，消失了。西米克採取了最後一種對付痛苦的方法。詩人進入石頭後發現，石頭的內部「涼爽安靜」，它「慢慢地、不動聲色地／沉到河底／魚游過來敲它／聽它。」遭受創傷後的主體自我封閉，與世界徹底地決絕、割裂，形成了一個斯多葛信徒般的圓形自足體。布羅茨基曾寫道：「石頭有它們自己的質量／這使它們免於／通常的盤根錯節」（〈大自然之死〉）。人只有通過打斷世界的連續性，突破與他人複雜的人際網絡，通過遁入無聲無光的物質內部，才能避免「盤根錯節」所帶來的痛苦。布羅茨基羨慕物對於痛苦的無窮耐受力：「物可以被擊打，燒毀／被挖空內臟，粉碎／扔掉，然而／物永遠不會大叫，我操！」與布羅茨基不同的是，西米克放棄了關於物的犬儒主義立場，因而顯得更為怪誕。他猜測物的內部也許不完全是黑暗：「也許某處，山崗後面／透過來月光／足以照亮／內部的牆上／那些奇怪的書寫與星座圖案。」山崗、月光、內部的牆、星座圖案形成某種沉默、怪異、哥特式的空間四維體。閉合的石頭被月光（微弱的希望、信仰或來自他者的交流？）所穿透，敞露出複雜的內心世界。這個世界

雖然顯露出來，卻不容易讀懂（像《舊約・但以理書》裡牆上的預言書寫一樣亟需闡釋），西米克也許在向我們暗示，人類豐富的內心世界等待著照亮、開啟與解讀。

沉默、空無、物化在西米克詩中怪誕地糾纏在一起。他的基本詩學命題幾乎可以表述為：暴力切斷了聲音的表述（他的詩裡到處出現拿著剃刀的理髮師，隨時準備割喉），失語的人將自身的可怕沉默投射到空間，投射到物上。在〈拆卸沉默〉一詩中，沉默被個性化為暴力的犧牲品：「先拆下它的耳朵／小心，不要讓血到處濺／吹聲尖哨，把它肚皮剖開／如果裡面有灰塵，閉上眼／朝著任何一個風吹的方向把它吹走／如果有水，沉睡的水／拿些一個月沒澆過水的花莖來。」此時「沉默」同時被處理成一個人和一件物，被殘忍地剖腸挖腹，整個過程頗像《莊子》裡的庖丁解牛，只是最後接近心臟的時候：

> 此刻一片漆黑
> 慢慢地、耐心地
> 尋找心臟，你不得不
> 爬到遙遠的空蕩蕩的天際
> 才聽得見它的心跳

這裡出現了一個悖論：為了聽見沉默的「黑暗之心」的跳動，必須極度地遠離它而不是靠近它。也就是說，必須把沉默放置於廣漠的宇宙空間才能理解它的實質。西米克對準沉默架設一架倒置

的望遠鏡，聽者只有站在阿基米德那個不可能的點上，才能聽見「沉默」奄奄一息的心跳。作為暴力的屠殺對象，沉默的人在宇宙的空曠中聽到自身的回音。

　　這種空無、沉默、冷寂的詩學在〈艱苦的氣候〉中被推到極致，敞開與封閉，世界與內心被置於一幅泰坦尼克號的遠景畫上：

> 腦殼裡的大腦
> 十分寒冷……
> 像宇宙天平裡的
> 一塊凍原
> 銀河系的風
> 遠處高聳的冰山
> 極地夜晚
> 巨大的海輪陷入冰裡
> 幾盞燈仍在甲板上燃燒
> 沉默，強烈的寒冷

不管是在物的世界，還是人的世界（這二者在西米克那兒很難分開），西米克似乎都沒有給我們多少希望。〈老年夫婦〉中，老兩口產生自閉症傾向，兩人之間沒有言語交流，晚上也不開燈，視覺、聽覺雙重沉默。另一首詩中，老年人同樣不開燈：「房間的窗戶／像黑板一樣黑」（〈白頭學生〉）。老人（西米克）聽

「自己的心跳」和「牆裡耗子的聲音」。老人聽覺的敏銳與可聽事物的稀少形成反差，在自我傾聽與對虛無與死亡（耗子的聲音）的傾聽中，表達出人在世界面前的沉默。這對我們這個眾聲喧嘩的後巴別塔時代，無疑是一種詩意的糾正。

掀起彩色面紗：
雪萊與真實的相遇

> 「什麼能助人避開無常？」
>
> ——雪萊《解放的普羅米修斯》

　　很久以來批評家已認識到雪萊詩歌中「面紗」隱喻的重要性，例如羅傑斯（Neville Rogers）把「面紗」認作「將可見的與不可見的、可知的與不可知的分開之物」。羅傑斯認為「面紗」意味著「無常的虛幻世界，它隱藏著或半遮半掩著真實的理念世界。」儘管可以恰當地假定幻覺／理念（真實）以及現象／本體的等級劃分，這種柏拉圖式或康德學派的讀解並未能應對如下問題：雪萊如何構思這兩個世界間複雜的相互作用？當詩人掀開了這面紗，他恰好看到了什麼？一種柏拉圖式的君主制的理念、暴政或者愛？從拉岡的觀點來看，無論如何，雪萊在面紗之後看到的不是一個「完美之物」，而是內在於象徵性現實的一種本然虛空，一道深淵，一段空白，一個缺失。這層面紗在雪萊詩歌中以拉岡稱之為的小客體a的保護性方式存在，因它所具有的某種遮

蔽缺失的功能。

在一首寫於1824年的〈十四行詩〉中，雪萊傾訴他與面紗之後的事物相遭遇下的「目盲」與絕望：

> 別掀開那層彩色面紗，那人們活在其中
>
> 稱為生活的：儘管那上面畫滿假象，
>
> 它只是仿製著我們寧可相信的一切
>
> 以隨意鋪開的色彩——在那後面，潛伏著恐懼
>
> 與希望，命運的攣生子，它們一直
>
> 在那裂口之上編織影子，目盲而陰鬱。
>
> 我知道有個人曾揭開了它……他尋求
>
> 所愛之物，因他迷失的心是如此溫柔，
>
> 但遍尋不著，唉，世上已無物
>
> 可以讓他賞識了。
>
> 在無知無覺的眾生中，他穿行，
>
> 陰影中的一束光芒，一塊鮮明的污斑
>
> 在這陰沉景象之上，一種精神在極力
>
> 尋求真知，但就像那個傳道者一樣無可尋覓。

在生活作為幻覺的面紗背後，展現著兩種根本的人類激情，「恐懼」和「希望」，它們編織著裂口或深淵之上的「影子」（雪萊詩作中對於想像的他者的隱喻）。於是在雪萊窺見現象界之後的真實的瞬間，他沒有看到柏拉圖式的理念或以永恆真理形式存在

的自在之物，只有一道裂口，一個虛無，一座敞開的黑暗深淵，或如紀傑克所構想的規劃著現實的「對抗性之被壓抑的真實」。所謂現實的秩序（生活作為遮掩的面紗）不過是通過內容上相對立的種種渴望與幻想的共時形式化而被確立起來，而這些欲求，從精神分析來看，乃是從一個被禁的主體——環繞著它的中心缺失而被確立的主體——流溢出來的。此處被影子暫時遮掩、和解化的「裂口」呼應著拉岡在對侵凌性的研究中洞察到的「人的機體與他周圍環境之間的某種必然的不和，某種被打斷的均衡」。

這就是為什麼作為這個裂口之言說者的雪萊，必然不能發現愛的終極對象（包括他的兩位妻子，他曾深愛但最終疏離的哈瑞特・韋斯特布魯克和瑪麗・戈德溫），因為在詩人的思想和世上可尋求的他者之間，存有一道永久隔離。對此，雪萊深有體會：「我在各種形體中魯莽地尋求／我思想之偶像的影子」。雪萊在整個一生（他沒有活過30歲）中狂熱地追求著的那個影子——他自身的渴望與欲念的幻影——可以關乎自由，可以關乎真理或者愛。然而頗具矛盾意味的是，雪萊自己完全意識到面對真實將意味著什麼，那就是去承受巨大的打擊，去忍受虛無的刺痛，去主動承擔創傷對於「我」的全部意義。雪萊陷入一個詩人欲有所行動時的普遍困境，他要打的那場自由的戰鬥還未開始就已經輸了——例如，我們目睹雪萊如何滿懷希望地介入愛爾蘭天主教解放運動，最終卻帶著苦澀而告退。雪萊被處於真實狀態的自由之幻影致命地吸引著，這使得他處於「介入」與「不介入」的永久矛盾，而此種矛盾乃誕生於貫穿著整個浪漫主義的精神的不安狀

態。在世俗生活的層面上，這種狀態極有可能在詩人身上引發紀傑克所言的「一貫的對不幸的追求」，令其「系統地組織起自身的失敗」。

　　雪萊對神話和眾神的運用也不過是一齣齣偽裝後的「人間喜劇」，它們暴露出雪萊在神學本體論意義上與「真實」的轉移性相遇，也就是象徵的面紗被掀起後所發生的事。在詩劇《解放的普羅米修斯》（1820）中，朱庇特（壓迫者）和普羅米修斯（被壓迫者）在變易或無常之真實中相遭遇，此種「真實」在該詩劇中被神化成無情的狄摩高根（冥神 Demogorgon）。合唱隊這般描述朱庇特沉入無常的住所：

> 向著深淵，深淵，
> 　　下去，下去！
> 穿過睡夢的陰影，
> 穿過生與死那
> 愁雲密布的衝突；
> 穿過那些事物的面紗和阻擋
> 不管它們是真是假
> 向著那最遠王座的階梯
> 　　下去，下去！

面對神話權能之象徵面紗背後無常的永恆深淵──這以其黯啞的真實而顯現的終極之物，朱庇特喪失了處置萬物的權柄，處於被

詩人關乎自由的想像所罷黜後的一種無助而癱瘓的境地：

> 慈悲啊！慈悲！
> 毫無憐憫──沒有釋放！沒有緩刑！……哦……
> ──打開地獄的鎖
> 它那高聳的暴亂的火海，
> 湮滅它們，深入無底的空虛……
>
> 唉！唉！
> 原力不聽命於我了……我在下沉……
> 頭暈眼花地下沉──永遠，永遠地，下沉──
> 並且，像一朵雲，我的敵人在我頭頂
> 以勝利遮黑了我的墜落！唉！唉！

朱庇特將狄摩高根以及普羅米修斯認作他的敵人；事實上，他真正的敵人恰好是那不願面對一個更高律法的自己──此赫拉克利特式變化使得主體與象徵秩序都無法獲取一貫穩定的身分，這一點讓朱庇特尤為懼怕。朱庇特（暴君）面對將真實吸收入「我」的框架的這種恐懼與無能，為他向著「意識形態的幻想」這個地獄的沉沒鋪好了道路。君王並非在其自身之中成為統治者，他恰好通過意識形態的認同之鏈而成為自身，而朱庇特的自大或偏執狂傾向，恰在於他將自身的君王角色毫無疑問地凌駕在賦予他地位的那個立意過程之上。與莊子不同的是，朱庇特沒能

以辯證的方式反省他的現實身分。

　　另一方面，普羅米修斯（雪萊的自畫像）似乎穿越了人類靈魂的「可完善性」（被革命家或者改良派普遍地持有）和「不朽」（被篤信宗教者所支持）的這兩個根本幻覺。普羅米修斯後悔了他先前對朱庇特的詛咒，因他逐漸認識到，他為人類所付出的辛勞完全可能以西西弗斯的方式告終。普羅米修斯發展出一套斯多葛派的堅忍，當朱庇特差遣來折磨他的復仇之神向他揭示出象徵秩序的面紗之後到底有什麼：「撕破這面紗／它被扯裂了！……／看！環繞著廣闊的地平線／住滿無數人類的城鎮／在明亮的空氣中嘔出煙霧／聽那些絕望的呼叫！……／再看那，火焰幾乎／削弱成螢火蟲的燈盞：／倖存者環繞著餘燼／在恐懼中聚集」。目睹了人類真實生存狀況的普羅米修斯不再受理想之騙了，他將直接應對所有理念皆可能沉沒這個事實，並承認人類不能「免除於／偶然和死亡以及無常」。普羅米修斯以被啟蒙的眼睛看見「那本應高翔的遭到淤塞／從未企及的天空的最高的星辰／在高舉的極度虛空中黯淡」。然而人類主體性中心的「黯淡」，以其極度虛空（無意義），反倒照亮了普羅米修斯，敦促他繼續去愛人類，以至於人能彼此相愛。愛，作為不可錯失／已經錯失之物，終將成為詩人絕望的決定，要去恢復已破碎的現實之我和那「被毀的天堂」。

詩的鐘擺：
瓦萊里與美國現代詩

　　自英國詩人蒲柏的著名律令「聲響須得是意義的回聲」（The sound must seem an echo to the sense）的幾個世紀以來，聲音和意義之間幽靈般的回聲（或呼應）一直困擾著詩人和評論家。這回聲到底是什麼？它有著怎樣的現代變體？諧音、和音以及重複，或人們通常說的「詩性音樂」，到底如何介入一首現代詩複雜的意指過程？對於一首現代詩的字面義而言，這特殊的音樂是去提升它，阻礙它，還是對之施以迷醉？法國象徵主義詩人瓦萊里（Paul Valéry）在1939年一篇題為〈詩歌與抽象思維〉的講稿中，把詩化過程喻作一個在聲音和意義之間催眠術般來回擺盪的「活的鐘擺」：「這就彷彿呈現於你頭腦中的那種獨特意蘊找不到一個出口或表達，沒有堪與媲美之物，除了孕育它的那種音樂。」然而，這看似直觀的公式其實有很大的理論疑難，因為瓦萊里自己就在這篇文章的前面以索緒爾的方式指出，詩人使用的每一個詞都不過是「一個聲音與一個意義的毫無聯繫的即時結合」。正是這兩種截然不同的要素（聲響與意義、聲音與思

想、感覺與理念）之間鐘擺般的運動，或從認識論的角度看，從感官印象到認識而後再回返的運動，構成了戈德法布（Lisa Goldfarb）的《意外的契合：美國現代詩與象徵主義詩學》一書的核心問題。

戈德法布的研究圍繞瓦萊里提出的聲音和意義的回聲主題，交響樂般精心編配了英美現代詩歌中最獨特的一些變奏。以往對法國象徵主義與美國詩學的研究，比如貝納穆（Michel Benamou）的《華萊士‧史蒂文斯與象徵主義之想像》（1972），通常會遵循「多對一」的比較模式（好幾位象徵主義詩人，例如波德萊爾、魏爾倫、馬拉美、拉福格環繞在一個現代主義詩人周圍），以闡釋後者對前者的吸收和反應。這種閱讀套路試圖從多重性裡面提取出獨特性，它煞費苦心地告訴讀者，一個現代詩人的成分如何，他是如何煉成的。很快，我們就墜入「影響」與「創造」的令人眩暈的辯證法。這就好比在一個詩歌的太陽系中，象徵主義者們也許有各自的衛星，但都發現自己無可輓回地陷入了環繞某個現代主義太陽（龐德或史蒂文斯）的引力之舞中，後者把各類藝術衝動揚棄為一種新的表達方式。在此類研究裡，象徵主義乃是一個過時的階段，正退隱到僅僅作為一種「影響」的邊緣地帶：現代詩人通常會承認「純詩」的吸引力，但沒人想過久逗留於此。

相較於這種單向閱讀，還有更為開放的「一對一」的會話風格，即在一個現代主義詩人身上尋找一個更早的象徵主義詩人的回聲或影子。這類工作，例如戈德法布第一本書《隱藏的形象：

史蒂文斯、音樂與瓦萊里的回聲》（2011），就是讓兩個特異性相互碰撞，以產生一種長遠的漣波效應。這「一對一」模式讓兩個特異性相互纏繞，以打開兩種詩學精神之間的無限交談，雖然在現實生活中，這兩位詩人多半不會花費這麼多紙張來與對方交談。這想像的二重唱裡，並沒有一個中心，而作者的責任僅是協調兩個無休止交談的聲音。這聽上去很美妙，卻不能一錘定音。可以想像，一種更側重歷史性的研究會選擇「多對多」模式，這樣可以把兩塊詩學理論的大陸拼接起來。例如，陶班（Rene Taupin）的《法國象徵主義對美國現代詩的影響》（1985）一書，論述了從法國象徵主義到美國意象派的歷史變遷。這是一種多重性的集體轉移（從象徵主義到意象主義），在此過程中，任何一個獨特的詩人（個別的象徵主義者和意象主義者）都努力為著詩歌的新定義進行一場生機勃勃的奮鬥。於此情況，重要的不是個人的觀點，而是某種不能化約為任何一個詩人的「精神氛圍」，許多關於詩歌流派的研究都屬於這一類。最後，還有「一對多」模式，它把某個象徵主義詩學理論像一個多稜鏡一樣設立起來，透過這理論稜鏡，多束現代主義詩學之光得以出乎意料地聚攏、離散。這種衍射式解讀顛覆了對詩歌影響的「多對一」的向心式思考方式，因為並沒有一個現代主義詩人能夠站在某個中心位置去綜合或重新發明一套象徵主義傳統。

　　《意外的契合》就屬於這最後一類，作者充分盪開了聲音與意義的詩學鐘擺，試圖在不同的現代主義詩人身上解開聲音／意義的瓦萊里式扭結。熟悉戈德法布上一本關於瓦萊里與史蒂文

斯的書的讀者，將在本書裡聽到一個強烈的方法論回聲，或確切地說，感受到主題上的餘波震盪。此書進一步帶出了瓦萊里音樂詩學在英美現代詩裡「幽靈般」存在：一種既被承認、又被否認的在場。如果說戈德法布的前一本書「以瓦萊里之透鏡」來細緻分解史蒂文斯後期詩作，那麼《意外的契合》則將此透鏡放置於一個能夠讓更多現代主義詩學光芒進入——確切地說，令它們聚攏——的角度。於是我們看到史蒂文斯和艾略特、史蒂文斯和奧登、畢肖普和韓波、史蒂文斯和蘇珊·豪結成對子。作者在序言裡說：「這些詩人通常是不會成對地出現的，除了被評論者用來發掘其差異之處，而我嘗試以意外的、不同尋常的方式來閱讀這些所謂同一流派或同一星群的詩人。」正如歌德小說《親和力》表明，真正意義上的契合／親和總是出人意料的，無可預期，只能被偶然撞見、被突然發現或揭示。正是借由對詩歌組對的「重新洗牌」，一種新的詩學關係才可能誕生。於是乎，戈德法布對瓦萊里與現代英美詩之比較研究，更像奠基於一個「允諾」（promise），而非象徵主義詩學這個「前提」（premise），雖然後者在瓦萊里那兒臻至完美。

毋庸置疑，在《意外的契合》中出現的、與瓦萊里詩學有著獨特關係的四位現代詩人中，有三位直接參與了二十世紀五十至七十年代博林根系列（Bollingen Series）瓦萊里作品全集的出版。史蒂文斯為瓦萊里的柏拉圖式對話《歐帕利諾斯篇》和《舞蹈與靈魂》（1956）撰寫兩篇序言，艾略特則為《詩的藝術》（1958）作了一個長篇序。同樣，奧登也為《瓦萊里論語》

（1970）作了一篇簡短但生動的序言，以示敬意。正如戈德法布
所言，這三位現代主義者都表達了對這位象徵主義大師的讚譽
——他們也在其散文和信件中讚賞地提及瓦萊里的詩藝，然而，
他們也毫不猶豫地澄清了一些根本分歧。例如，艾略特指出瓦萊
里缺乏「嚴肅性標準」，因為瓦萊里更專注於無盡的詩意過程本
身——思想的微妙過程，詩意的學問——而不是詩如何在整個人
類經驗領域產生現代性「情感衝擊」這個更加寬泛的問題。

　　對艾略特來說，瓦萊里的局限在於他的重複手法和自戀傾
向，但史蒂文斯就不像艾略特那樣是個評論家，他完全首肯了
《歐帕利諾斯篇》裡的歡欣、活力和高貴，卻也對瓦萊里以「美
學的神化」來代替哲學與宗教問題表示懷疑。在史蒂文斯看來，
瓦萊里筆下的蘇格拉底和斐德羅更像是現代版的美學大師，兩個
馬拉美的學徒，算不上真正的哲學家。史蒂文斯在序言裡大量引
用瓦萊里原文，也說明他對後者文本的現象學取向。他關於《舞
蹈和靈魂》的最後幾句話將瓦萊里的詩學探究揭示為一個視角
問題：「人有許多途徑接近神性，歐帕利諾斯（一位男性工程
師）、阿提柯特（一位舞女）以及瓦萊里的許多途徑只是其中一
部分。」

　　與艾略特和史蒂文斯相比，奧登對瓦萊里的回應相當明確。
奧登的論點不僅針對瓦萊里「對詩歌形式之限定的任意性的過分
強調」，按奧登所言，一般意義上的法國詩歌「似乎也苦於形式
之多樣性的缺乏」。對一位只會用法語作詩的法國大師，奧登表
示了應有的讚賞。正如奧登自己意識到，去想像一個以英語寫作

的瓦萊里也許滿有趣，但實際上不可能，正如很難想像一個以法語寫作的奧登，因為每個人都在自己的語言領域和詩歌傳統中工作。語言的界限也就是詩性意識的界限。

然而，戈德法布並不打算重新銘寫這些象徵主義與現代詩學之間關於趣味、價值和形式的諸多爭論；相反，她試圖釐清，是什麼使得這些差異在一開始成為可能。某種先在的統一性、同一性或隱形的親和力，使史蒂文斯、艾略特、奧登以及後來的畢曉普與瓦萊里的詩學不是互不相干，而是互為差異。她發現這種隱匿的統一性存在於聲音與意義的瓦萊里式鐘擺：一種幻覺式的擺盪把這四位現代詩人（事實上我們可以無限擴展這個名單）通通吸引到精神分析的沙發床上。四者症狀可能各不相同，但據戈德法布觀察，他們都陷入了史華都（Susan Stewart）在別處提到的「抒情的附魔狀態」，在此狀態中，詩性音樂（格律、諧音、重複、韻律）獲得了某些特定的「剩餘意義」，而這些剩餘意義不能被化約回散文與語義上的意義。史華都解釋道：「在向著音樂的層層回轉中，詩人能夠在持續不斷的實踐裡、在時間裡去理解他自己的思想和情感與世界之關係的深層結構。」換言之，詩人轉向或歸回音樂性，並不是維持某種詩意或抒情的感覺，而是通過關注聲音和節奏，進一步領受要去加深其表達和意義的召喚，因為正是在這來回的「擺盪」中，人與世界的猶豫不定的詩意關係才被暴露，並被編織入話語。

為揭開內在於象徵主義與現代詩學的剩餘意義，戈德法布不得不長途跋涉於瓦萊里與他的美國繼任者之間的各種細微差別、

區分乃至對立。當然,關鍵在於將「差異」把握為「變調」而非否定。舉例來說,戈德法布提示我們不要把史蒂文斯和艾略特視為「死對頭」(史蒂文斯語),而是看做瓦萊里精湛指揮下同一種音樂美學的可能變體。第二章裡,戈德法布指出,在將傳統的英詩格律革命為一種新詩韻律時,史蒂文斯和艾略特實際上是祕密協作者,兩者皆以自己的方式回應了瓦萊里對聲音和意義之複雜作用的分析。戈德法布真可謂一名用心的偵探,細究瓦萊里作品以及史蒂文斯、艾略特散文,以證明當這三位詩人在談論音樂時,他們更像是在彼此交談,而不是無視對方。為說明音樂性之於「呈現當下」的關鍵作用,戈德法布把史蒂文斯〈1935年的莫扎特〉和艾略特〈燒毀的諾頓〉放在一起細讀。她的結論是,儘管史蒂文斯使用了重複和強調的語氣來「顯示詩人對當下的必要堅持」——即在嚴酷的現實面前創造一種「更有力的聲音」,這乃是現代詩人的職責,大概是因為兩位詩人在創作這兩首詩時都經歷了美國三十年代艱難的大蕭條——而艾略特則對文字和音樂進行了類比,以暗示「文字和音樂的真正價值乃是在時間之外尋求救贖的時分」。兩位詩人與時間的不同關係,體現在他們對詩歌音樂的不同運用上。按戈德法布解釋,史蒂文斯與艾略特「朝著瓦萊里詩歌鐘擺的不同方向傾斜」:前者朝向內在的聲音,後者傾向超越的意義。

我們越深入戈德法布這本書,就越深刻地感覺到瓦萊里鐘擺正漸漸成為現代英美詩歌的無意識。沒人能逃脫這個鐘擺。奧登和畢曉普的情況更令人驚訝,因為就年代和影響而言,他們與

瓦萊里詩學更疏遠了。與史蒂文斯不同，奧登雖然熟稔瓦萊里的詩和理論，甚至訴諸於瓦萊里的「直覺型思維」以回應斯彭德（Stephen Spender）對其抽象詩性的指責，奧登對象徵主義傳統仍深懷敵意。戈德法布道出實情：「奧登是一位公民詩人。」考慮到奧登和瓦萊里在詩創作上有著非常不同的關注與取向，關於兩者的任何一種對比閱讀得尋找一些更深刻、更永恆的東西作為支撐，某種「意外」的相近：既非主題的共鳴，也非相似的韻律，而是在靈感迸發的瞬間，詩行之運動所受到的相同抑制或回撤。戈德法布對比閱讀了奧登的〈這月亮之美〉與瓦萊里的〈腳步〉這兩首詩，當然，這絕非偶然，奧登自己就在《瓦萊里論語》的序裡讚嘆過這首詩，稱其「在任何語言中，都算得上對繆斯最優美的召喚」。在〈腳步〉一詩中，瓦萊里滿心期待著繆斯的「緩來的腳步」：一種猶豫不決的詩意的腳步，它在前行中回退，單腳旋轉於抽象思想與感官觸動。奧登〈這月亮之美〉一詩同樣受到時間暫停機制的約束，此暫停是為了讓讀者對美的本質和化身進行「更深層次的抽象沉思」。在逐節的對照閱讀中，戈德法布指出，聲音－意義的鐘擺在瓦萊里和奧登的詩裡持續發揮作用，足以證明某個外部力量對這兩位詩人的「抒情的附魔」。

聲音與意義、形式與內容之間的本質性搖擺——瓦萊里的 le fond（內容、背景）有時被戈德法布譯為「意義」——一直延伸到晚期現代主義者，比如畢曉普。如果說瓦萊里的鐘擺在史蒂文斯和艾略特那裡是「強模式」，那麼在奧登和畢曉普這裡，它以「弱模式」運行。畢肖普的一些詩，比如〈魚〉和〈在魚棚〉，

確實顯出象徵主義神祕感，所以把象徵主義從裡面讀出來或者讀進去，都不難。但在波德萊爾和韓波之後一百年，當代詩人該如何去寫一首關於大海的詩以回應象徵主義傳統，而同時又不再歸屬於這傳統？與其捏造出一個可疑的譜系（雖然有波德萊爾的〈人與海〉、韓波的〈永恆〉等詩的比較閱讀），戈德法布的策略卻是「從另一種角度來思考畢肖普〈在魚棚〉一詩裡不尋常的詩性音樂」。戈德法布沒有去尋找文體或修辭上的相似之處，而是著眼於畢曉普是如何「變調」這首詩的，也即詩人如何在三個不規則的描述性詩節裡製造一種混響聲效：「把聲音提升到歌的高度」。「畢肖普為聲音尋求變調，於是在詩的末尾，我們來到海邊，來到認識的門檻上──不是認識本身，而是在它的邊緣處」。這個純粹暗示的聲響之邊緣，或許正是瓦萊里鐘擺停頓的地方──哪怕是暫時的停止。

　　總言之，戈德法布《意外的契合》對法國象徵主義和美國現代詩的聯繫進行了高度有機的探討，可讀性很強。它並不依賴於別人的理論，而是創造出自己的理論。戈德法布跨越了詩派和風格，從一個詩人跳到另一個詩人，再次折返，卻從不迷失方向，其機敏和優雅令人贊嘆。然而，戈德法布以瓦萊里「聲音和意義之不可分割」的觀點作為指導原則，會產生一個理論問題：此統一性是否是先驗且普遍的？或者，它乃是一個原型般的永恆構型，類似於某種「詩歌無意識」？

　　意大利哲學家阿甘本在《散文的理念》一書中質疑了詩歌的聲音與意義之原始統一體的觀點。對阿甘本來說，真正定義詩

的東西乃是詩行之間的跨行延續，而不是詩行內聲音與意義的張力：正是跨行延續揭示了韻律與語法元素之間、節奏和意義之間的誤配乃至斷裂，這與公認的觀點，即詩歌是聲音和意義的完美結合是背道而馳的，因此詩歌只存在於兩者的內在分歧中。讓詩行得以旋轉，得以換氣之物，正是思想被聲音擾亂（或反之）的可能性。許多法國象徵主義者，包括波德萊爾、韓波、馬拉美和瓦萊里，都同時寫作格律詩和散文詩，這暗示了詩歌鐘擺的更為多變的模式。在一首沒有明顯音樂性的詩裡，即一首缺乏和音、重複和韻律之有意布置的詩裡，在沒有音樂的歡快的爆發或打斷的情況下，我們可能會看到詩如何「一頭栽入意義的深淵」（阿甘本），然而這遠遠不是詩的毀滅，而是詩意在別的形式下的延續。

看不見的戰爭，看不見的琴鍵

　　作為人類表達自由意志的最激烈的手段，戰爭已經庸常化了。在現代世界，特別是美國，戰爭失去了與日常生活的分野而變得無處不在（反恐戰爭、反毒品戰爭）。二十世紀的兩次世界大戰並沒有完全解決意識形態的對立，從五十年代開始，美國海外戰事不斷，國內種族與社會衝突頻繁，二十一世紀初，又遭遇伊斯蘭原教旨主義的本土襲擊，這使得本來就強烈的戰爭意識（以及反戰傳統）在當代美國精神生活的各方面顯現出來。人們思考戰爭的時候，通常會思考其歷史、社會、地緣與政治的起因等等，因為戰爭並非一種直接的野蠻掠奪，它指向了國家之間權力再分配的象徵化。如康德所言，戰爭乃是「建立起國家與國家的新關係的反覆嘗試」。戰爭遠非政治的失敗，而是其例外狀態下的延續。現代世界的日常軍事化已使得戰爭越來越不像戰爭，更像一個永不解除的警報，預告著歷史的一次次重演，因為人們並沒有從歷史中學到規避戰爭的有效方式。上世紀五十年代中期，金斯堡（Allen Ginsberg）在〈美國〉一詩中問：「美國，我們何時才能結束人類戰爭？」彷彿戰後美國一再捲入的是一場場

「過於人性」卻毫無意義的戰爭，例如越戰並沒有「解放」任何人，只是作為意識形態的衝突而使東南亞潰爛。在這場大規模使用凝固汽油彈的「人類戰爭」中，任何「人道」的企圖都噴射著大火與黑煙。想要通過「戰爭」來製造「和平」的願望，仍然停留在被尼采批判的「過於人性」的立場上。越戰中各方的巨大傷亡，至今仍促使人們反思美國海外戰爭或任何戰爭的「英雄主義」的價值究竟何在。

在〈美國〉一詩的末尾，金斯堡承認他對冷戰時期俄國的印象是從電視上得來的，他天真地問：「這[印象]正確嗎？」其實，無論在正確與錯誤的現代戰爭之間，還是在正確與錯誤的現代戰爭的「表象」之間，都已經很難做出區分了。當今世界力量格局中，重要的是某個目標被擊打了，軍力得到演習或實施，國家安全得到無條件的捍衛。康德在十八世紀末提出的《永久和平論》，因其對共和理念與國家權利學說的過於天真的假設（其市民社會排除了暴力），仍停留在「調節性」而非「規範性」理念上。沒有哪個國家或組織能「規範」諸如伊斯蘭國（ISIS）這樣的軍事系統，它本身就誕生於對混亂乃至潰爛的現代戰爭的過激反應，它是各方軍事干預的非自然的產物——它只能被「消滅」，無法被「規範」。在對「自由」這個概念的極端軍事化理解中，例如「自由」被西方人發明出來為殖民主義開道，必須讓他們為自己的邏輯付出代價等等，伊斯蘭聖戰分子毫不猶豫地把聖戰發展為針對任何一個西方人的戰鬥。普遍戰爭之下，侵略者與受害者越來越具同構性，警察、軍隊與恐怖分子之間「協同作

戰」，全面接管道德、倫理、政治的秩序框架。

　　正是在這樣的背景下，美國後垮掉派詩人大衛・柯朴（David Cope）的詩集《看不見的琴鍵》（*The Invisible Keys*, 2018）有著非常深遠的意義。這並不是一本新詩集，而是詩人從1975年以來的40多年詩歌生涯中挑出的一個選本，作為其寫作風格的一個整體呈現。該詩集所選篇目大多關注二戰後美國社會歷史事件，瀰漫對美國生活的哀悼，詩人的目光投向「歷史」的正牆面，看到的並非類似白宮的超越性力量象徵，而是各類衝突／戰爭的坑窪孔洞和士兵身上潰爛的傷口。二戰沒有終結也不可能終結意識形態衝突，它遺留下來的問題（共產主義與自由主義的對抗）在其後的半個世紀內將以新的形式繼續困擾西方世界。柯朴詩集的第一首〈美國夢〉即取材於七十年代對富有階級實施綁架的「共生解放軍」（Simbionese Liberation Army），該團體主要由失意的左翼中產階級青年組成，「共生」意味著它是一個高度有機的戰鬥組織。其重要成員赫斯特（Patty Hearst）本來是該團體的受害者，19歲的時候遭共生軍綁架後被強制加入該團體，領導銀行搶劫和暴力謀殺等犯罪活動，後被捕入獄。1974年5月14日，洛杉磯警方出動五百名警力，對該組織實行圍剿，擊斃六名共生軍主要成員。〈美國夢〉以「事實」的方式報道了該行動：

　　　房子在大火中燃燒
　　　陽光下，橙色巨浪翻滾
　　　FBI與警察在牆後列隊

配備M-16步槍

和火箭炮

消防隊按兵不動

戰鬥持續了好一陣子

直到房間裡冒出火焰

能看到裡面的一具屍體

身上還掛著彈藥

那些子彈在熱浪中爆炸。

　　這不再是一個幻滅的美國夢，而是被各方準軍事力量協同消滅的畸變的美國夢，在這個夢裡，FBI、警察、消防隊員、恐怖分子根據一套嚴密的戰術協同作戰，相互摧毀。由於共生軍（這些恐怖分子不過是一群追尋「美國夢」的失意青年）負隅頑抗，這場「戰鬥」並不輕鬆，警方甚至動用M-16步槍、火箭炮以及催淚彈等，直到共生軍藏身的整個房子被燒毀，成員被催淚彈窒息、燒死或擊斃，消防隊作為戰鬥遺跡的擦拭者變得出動清場。現代戰爭中，救援隊緊跟著毀滅天使，人道主義與暴力先後登場。整首詩看似客觀的敘述背後潛伏著巨大的荒誕：大火與陽光的映襯讓人感覺這是一場現場導演的圍捕，警方按部就班地包圍恐怖分子藏身的房屋，確保正義力量的最少傷亡，而那屍體上掛滿的彈藥紛紛爆炸無疑表明這場所謂的「戰爭」（社會抗議與隨之而來的騷亂、鎮壓）在死亡之後的延續。共生軍被捕成員里特爾（Russell Little）承認，他們本來想要與公眾進行一次政治對

話，結果卻變成為與警方的對抗。這似乎難以避免，「恐怖主義」的標籤之下往往是某種激進的社會抗議或政治動機，失控地發展為暴力形式。

另一首短詩〈平靜的生活〉同樣關於七十年代的美國，雖不直接呈現軍事暴力，卻指向戰爭在日常生活中投下的陰影。該詩的背景為越戰後美國政府對越南難民的收留，他們因乘船逃離越南而被稱為「船民」，最後定居在加州和德克薩斯等地。他們經歷了戰亂，只想過「平靜的生活」，但似乎並不受當地人歡迎：

> 明將放棄公民身分
> 他想回家
> 德克薩斯人待他很差
> 他只想要份工作，過平靜的日子
> 我們能把商的孩子
> 在一兩個月內救出來嗎？
> 不行，潭說。現在局勢很亂
> 林說，在我的船上，我的孩子
> 三天沒吃東西，沒水喝
> 死了四個人
> 海上風平浪靜。

這首短詩首先敘述一個越南移民的生活，他可以是任何一個特定歷史條件下難以融入別國社會的難民，他沒能找到工作，準備

放棄美國公民的身分，回到他曾經逃離的地方。接著詩的視角轉向另外一段關於移民的簡短對話，兩個越南人在商量營救另一家人「商」的孩子，「局勢很亂」（a time of storms）字面義指海上風浪大，行船危險，容易喪生於風暴，當然也暗示越戰後美國與越南之間的緊張關係。接下來一個名叫「林」的人說，死了四個人，但不是因為風暴——此時「海上風平浪靜」（in good weather）——而是某種未言明的非自然原因。

　　這首短詩之所以令人不安，在於「平靜的生活」背後往往是無法平息的戰爭悲痛。人道主義試圖彌合支離破碎的生活，但在現代世界中它始終作為與戰爭或災難相伴隨的補救，令人無法完全相信其意識形態的中立（其失敗的例子不勝枚舉）。「海上風平浪靜」卻「死了四個人」，一方面表面這些難民到達美國時已處於生死邊緣，然而詩人言下之意似乎想說，這些「船民」本來是美國的敵人，他們很可能在越戰中殺害過美國人，現在卻作為難民來尋找庇護，這對美國民眾來說很難接受，雖然從道義上說，因為對越南的大規模軍事干預，美國政府似乎必須接受他們一手造就的難民，畢竟這些「船民」中很大一部分是曾為他們工作過的南越人或受戰後面臨迫害與再教育的越南人。對逃生的越南人來說，美國並不是天堂（至少現在還不是），在接受與拒絕、公民與難民之間，隱藏著一場看不見的非常具體的生存之戰，它的殘酷有時不亞於戰場的炮火。

　　我們從隨後的〈福利辦公室〉一詩得知了當時越南船民登記的場景：一間擁擠的辦公室裡，一個肥胖的黑人女人衝著一排

排形容枯槁的臉龐大聲叫嚷，進行例行公事的問話：「他從西貢到河內開大巴車，已經兩年？／他運氣好，應該沒問題／如果他學會英語。」此處，詩人一方面暗示民權運動之後的黑人已獲得一定社會地位，遠勝於第三世界國家的難民；另一方面，我們也看到美國政府對越南難民的接受與安撫有一定規則，並沒有什麼免費開放的福利。在經歷了大海風暴的生死考驗後，這些難民還得經受工作、學習能力等方面的考驗，一個到達了自由國家的人並不立刻就是自由的。正是這樣一種對社會現實的超越黨派的政治觀察中，柯朴揭開了媒體報道與政府宣傳都未能觸及的事件客觀性——無人能宣稱「對此負責」的純粹事件性。柯朴的素描迫使我們對整個歷史事件（越戰及其後果）作出一種合乎道德而非僅僅是國際政治的理解：對落後國家的戰爭罪責以福利的方式償付，但這僅是部分償付。

　　作為柯朴的精神導師，金斯堡很早就預言了柯朴的客體派傾向，客體派是從龐德、威廉斯、朱可夫斯基、雷茲尼科夫那裡發展出來的一套詩學，它剝離了物的主觀象徵化，將書寫意識重新導入具體而特異的物世界或事件世界。金斯堡認為，出於「直接目擊」或「眼皮底下」的詩學，柯朴不僅繼承了早先的客體派，而且在同時代人中，他是最為豐富地書寫了客體派理想作品的一位詩人。柯朴後來的發展顯示他對客體派的吸收是純粹內在的，他將戰爭或衝突的客觀性置放於任何闡釋或象徵化之前，同時也揚棄了金斯堡的先知視角和高調口吻。柯朴的風格更冷靜、低沉、內斂，情感力度從詩的語義內部支撐起來，對事件的態度暗

含於看似客觀的描述中。可以說，柯朴詩裡每一處場景都成為聚焦的燃燒點，一個爭端的所在。〈加扎勒：致將來的春天〉一詩寫於1990年伊拉克入侵科威特後海灣戰爭的爆發，「朝聖之旅」上又多了幾座歷史廢墟。柯朴以類似於〈美國夢〉的方式敘述：

> 崩潰之人在行軍，耳朵流著血
> 槍訓練有素地架在肩上，閃閃發光
> 坦克和火箭筒被燒焦，成堆的
> 屍體飛來飛去，倒下，剖開，發臭
> 此處墳墓聚集——咧開的下巴，眼洞
> 頭顱，無英雄事跡可講，無歌
> 可唱，血從沙堆沉下去
> 夏馬風和雨水每日重組這土地。

這些意象不僅道出了戰爭對生命的強迫（身體機械般的行軍）與廢墟製造術（墳墓聚集），更將戰爭的這種客觀性或事實性轉變某種令人顫慄乃至作嘔之物。這些執行「沙漠風暴行動」的士兵不再被認作英雄，他們「無英雄事跡可講」，「無歌／可唱」，而是作為戰爭的直接見證者目擊那些被「剖開」且「發臭」的屍體。2003年伊拉克戰爭中大量「隨軍記者」有相同機會目睹這些場景，並切身體驗阿拉伯的勞倫斯（T. E. Lawrence）在一戰期間斡旋於中東沙漠時早就目睹的殖民者與阿拉伯人以及阿拉伯部落之間的報復與屠殺（勞倫斯已預感到沙漠對人類道德與

意志的最終耗盡）。「夏馬風和雨水每日重組這土地」意味著
中東局勢在無數戰爭後仍難免混亂，而且長期看來，美國的軍
事干預，如紀傑克所言，很可能在伊斯蘭國家中製造出一個統
一而強大的反美戰線，這將把美國捲入一場不可見的永恆的戰
爭，也就是說，美國將很難從「軍事干預」中抽身出來。實際
上，在海灣戰爭這場以空襲與坦克為主導的「不可見」的高精度
戰爭中，由於雙方軍力懸殊，聯軍並沒有遭遇多少地面抵抗，他
們更多地是作為戰爭的目擊者而存在，當然也是受害者，因為
創傷後遺症是不可見的。2005年根據戰爭回憶錄改編的電影《鍋
蓋頭》（*Jarhead*）講述海軍陸戰隊兼敘述者斯瓦福德（Anthony
Swafford）如何渴望在沙漠風暴行動中親眼看見「紫霧」（執行
一次暗殺），卻始終未發一槍，而戰爭已宣告結束。他回到美國
後發現，他在幻覺中一次次重返那片生命意義被燒焦的沙漠。斯
瓦福德像許多參加過海灣戰爭與伊拉克戰爭的美國士兵一樣，生
活在不可結束的戰爭中。

柯朴不僅關注現代戰爭與暴力的可見形式，他更關注一般暴
力形式之下人類動機的盲目以及人類在道德上的巨大的未成年狀
態，人類在數次戰爭中並沒有學到什麼，除了對生命之虛無的一
種宣洩，人們對此虛無還缺乏認識。在〈派對言談〉一詩裡，柯
朴聚焦於一段日常言談：

在那裡……每天面對生死

自我回來後……

生活……太無聊了

他身體前傾，手指著我

知道我不是槍林彈雨中的一個。

……這些亞洲人……

你絕不會相信他們

對美國陣亡士兵所幹的！

他緊握拳頭，鬆開。

我想起一個朋友的兄弟寄回來的

越南人的手指。

再沒什麼可說；

我去隔壁，和女孩們一起跳舞。

　　歧義的標題表明這也是一段從不同利益立場出發的帶有政
治意味的「黨派」（Party）言談，如此談話遵循既定套路，意在
鞏固對世界與敵／我的先在認知框架。談話一方代表受到越戰創
傷的美國士兵，他們在戰後仍然充滿失落與憤怒，渴望回到戰爭
以體驗生命的意義。對這些人來說，戰後的日常生活如電影《鍋
蓋頭》裡斯瓦福德發現的那樣難以忍受──除非這生活是戰爭的
某種延續，否則它毫無意義。談話另一方則代表堅決反戰的知識
分子與民眾，他們認為美國在這場戰爭中乃是侵犯者，這根本是
一場「錯誤的」戰爭，他們譴責美國在亞洲的暴行，例如割下越
南人手指作為戰利品寄回家，然而他們卻（必然地）忽視了越南
人對美國人的暴行（「你絕不會相信他們／對美國陣亡士兵所幹

的！」）。談話雙方因固執於各自所看到的世界而無法達成理解性共識，直到「再沒什麼可說」，此處陷入僵局的不僅是「誰應對越戰負責」這個看似無法直接回答的問題；柯朴向讀者暗示，此處陷入僵局或者說失敗了的，乃是人們對於戰爭暴力的理解。黨派／派對言談的雙方均未進入戰爭的本質，他們仍停留於戰爭的表象，要麼對戰爭抱有英雄主義幻想，要麼對其必要機制與後果缺乏認識。於是我們看到一方面戰爭的擁護者義正言辭地握緊拳頭，而戰爭批判者見此情景則放棄辯論，去同女孩跳舞。很自然，跳舞比爭論更能抵抗永恆戰爭的幻覺。

　　人們似乎沒能從戰爭中學會思考戰爭，〈水管工〉一詩中，一位前二戰坦克指揮官（現在是水管工）高談闊論他如何幹掉德軍狙擊手：「放低炮口／把那德國鬼子炸向空中30英尺高／毫無悔意」。言談者現在的身分顯然不如他37年前那樣重要，戰爭給了他輝煌而深刻的體驗，然而他並不思考被他炸飛的德軍與他是如何被迫入「你死我活」的同一關係中，對普通士兵來說，重要不是反思戰爭，活下去才是根本，倖存即生存，在求生的本能面前，任何超越的觀點與道德追問都顯得蒼白而危險。這位坦克指揮官活了下來，在37年後陽光明媚的一天，心滿意足地看著孩子們在周圍玩耍，兩個年輕男人坐在牆邊為取悅女友而「強逞言辭」，旁邊一個老女人蹣跚經過，一直笑著，又像是對著她自己笑。這些和平時期的場景似乎表明戰爭已遠去，戰爭在別處，或只作為一段談資存在於某些人的記憶，但是這兩個假裝硬漢的戀愛中的年輕人與這帶著斯芬克斯式微笑的蹣跚老者，難道沒有構

成某種對比性暗示？柯朴似乎想說，是的，戰爭結束了，但我們懂了什麼才是真正的「強硬」，以及強硬／強悍／強大背後的人性代價了嗎？

　　意識形態對於強力的宣傳很容易造成個體「被動分享」此政治和軍事上的強大光暈，然而落實到具體的人，特別是士兵身上，分享國家英雄主義的代價往往是殘酷的。〈前線〉一詩就描述了海灣戰爭中伊拉克士兵的兩難境地：這些被迫入隊的新兵（有的還是孩子）命運已定，被困在推進的美軍與守衛的伊拉克共和國衛隊之間，並沒有什麼選擇：如果撤退，他們會被共和國衛隊（也就是自己人）擊斃，如果前進入地雷區，則可能被炸飛。這時詩人反諷地說，他們也可以「等著與健碩的美國人／打一仗，試試運氣」。我們知道這些「健碩」（beefy）的美國士兵並不像這個形容詞看上去那樣令人樂觀，實際上，這裡包含著美國人的傳統樂觀性與戰爭的殘酷之間難以調和的諷刺，彷彿這場戰爭中美國人不需開一槍，憑借壓倒性的空中優勢就能獲勝。言下之意是：美國人並不渴望戰爭，但也絕不懼怕，在捍衛自己的全球利益方面，美國絕不軟弱。然而該詩最末兩句將伊拉克士兵（或任何一場戰爭中的士兵）的嚴酷命運放置於一場更大的循環：「也許夏馬風提前到來／然後是聖潔的齋月」。傳統的神聖性沒有提供一種精神上的拯救，也沒有讓它的信徒免於肉體的毀滅，它不但沒有終止戰爭，反而成了德希達意義上的戰爭的「替代」，神聖性將自己插入到戰爭的間隙，完成兩次戰爭之間（和平）的意義填補。

柯朴的詩表明無論在世俗社會還是神聖宗教的領域，我們對現代戰爭與衝突的道德解釋仍是不充分的，政府在戰爭上的責任尤其難以歸類和追究，同時，隱性戰爭（宏大敘述規劃之下個體的日常生存鬥爭）對人產生的道德影響也未得到足夠的關注和討論。〈艾米爾在十字路口〉一詩中，一位名為艾米爾的法國士兵——他曾是機關槍手，「向著赤裸而扭曲、血霧瀰漫中的身體噴射子彈／眼睜睜看著推土機把未闔眼的屍體推入溝」——在二戰後的某一天，手捧鮮花站在十字路口，期待曾於危難中照顧他的那位女人再度出現（雖然他知道她不會再出現）。這位名為愛洛依絲的女人在艾米爾內心最黑暗的時刻為他「點亮蠟燭」，一起「進入沉默，傾聽久已消失的歌」。如今40年後，他又一次站在十字路口，曾為他點亮生命蠟燭的女人不再出現，在和平時期的擁擠大街上，他所等待的只能是那信號燈改變顏色，然後本能反應般如釋重負，「最終離開瘋狂的車流」。艾米爾可以是任何一個經歷了戰爭卻無法享受和平的人，戰爭沒能讓他們生活得更好，然而戰爭更可怕的結果在於，戰爭使行動者的反思力癱瘓，把他們變成一個個感官反應的純粹應急機體。或許這就是「全球戰爭」的後果：在日常生活與戰爭狀態之間不再有本質區別，於是在他者之毀滅的一次次災難中，在國家的掩護下，個體有理由不再承擔任何責任。

▍詩的未來意識

　　人們習慣於將詩歌當做文學陌生化的理想場所，事物間熟悉的秩序在詩的修辭運動中變得不熟悉，通過對對象的視角變化的延宕的審美過程，詩人最終能夠引領讀者達到對世界以及自我的穿透性理解與二次體驗。實際上，自歐美現代主義以來，我們目睹了大量陌生化詩歌，它們奠定了一般稱之為「當代詩歌」的探索性基調。自上世紀六十年代以來，後現代主義進一步發展了文學陌生化，將之推入不可決定的純粹符號流變之極端，既不尋求對事物的完整的意向表達，也不積極製造文本意義對既定世界關係的歸屬，而是致力於揭示事物的陌異進程如何總是已經逃脫了認識與表達的陳規框架（例如阿什貝利、金斯堡）。

　　在文學陌生化朝向物質存在（以及人的起源）的本質陌異性轉移中，在經典進化論與當代宇宙學的激烈碰撞中，司各特・亞歷山大・瓊斯（Scott Alexander Jones）的詩集《別處》（*elsewhere*）與《享受魔鬼》（*Carpe Demons*）誕生了。我第一次接觸瓊斯詩作，即被他富有吸收性的表意方式所吸引。他不批判日常，不做自我分析，既無所謂的社會關注也無任何明顯的政治

訴求。與同時代大多數詩人相異，瓊斯將注意力集中在人類時間與宇宙時間之裂縫湧現的問題上。實際上，在我認識的當代美國詩人中，瓊斯是最具「未來意識」，同時也是最具「先祖意識」的一位，這兩者以某種奇特的方式在他的作品中統一起來。該方式可稱之為一種具備超常聯結的「進化風格」，它從各類話語中自然地、不留引痕地選擇並吸收那些極富暗示力的元素，將它們貫穿入個體生命的瞬間，從而創造出一種持續變異的浸沒的氛圍，在此氛圍中，地球的史前史隨時可能在未來某時刻再度降臨，而未來，也可能回到科學至今難以解釋的原初設定。

如任何一部科幻電影，瓊斯不斷在詩裡進行時空穿梭，但這一切都以非常自然、甚至隨機的方式進行，不知不覺場景已切換，讀者發現自己又置身另一個「別處」的邊緣、某些「我們在出生的醫院的／外圍轉出的／陌生的浪遊之圈」、某個如不立刻獲得表述就將永遠失去的瞬間。有限之存在的所有細微顫動，作為「我們」曾在這裡的不可能的見證，都被事無鉅細地記錄下來。不僅如此，詩人在過去與未來的平行箭頭所圍出的現時地帶，架置了數個雙向望遠鏡，向個體誕生之初與消失之後的世界投去好奇的目光。這些超遠距離拍攝的圖片，色彩與溫度各異，有的極熱烈、有的極冰寒，有的清晰，有的模糊，它們如康定斯基早期畫作中融化的色塊，在讀者大腦皮層裡混合成難以連續的瞬時敘述。通過不斷變換時空場景，瓊斯傳遞了這樣一種信息：某個先在的東西已如幽靈粒子穿越時空追趕上了我們，某種只能以基因遺傳（而非輪迴）來解釋的行為模式在我們身上重複顯

現，以至終有一日，人類發現自己毫無希望地走到了進化鏈的末端。用瓊斯的話說，「我們是死衚衕裡的變異種」，「我們向前的／祖先正攀爬精神錯亂／的梯子，自鴻蒙初闢的／阿米巴湯以來，從未達到之處」。

如果我們能破解從先祖而來的行為模式，也許我們能對目前人類的行為與動機有更好的理解，實際上，我們被告知已經擁有「對未來之物的記憶」以及「對偶然之物／似曾相識的幻覺」。然而一路被先祖追趕的我們，並不清楚其中因果，有太多的未被說明的部分。殘留的這些記憶與幻覺，乃是對未被給予之事物（物質、意識的起源）的詩意直觀，並不屬於某個人，而是在進化過程中從智能生命發展出來的一種反觀自身所在的能力。於是，詩裡每一處定格的「我們」，其攜帶的不過是整個生物進化史中被虛擬出來的人自身的時間性。如此看來，《別處》中所流逝的不僅是已被擬定的不可兩次踏入的同一河流，也不僅是未來意識中驚悸之物（或者，人作為真正的驚悸之物）的數次回歸，它更像某一個個體在這場以宇宙時間為單位的無盡衰退中，向人這個物種發出的一連串呼喚訊號。

的確，從地質時間或星際時間來看，任何單一生命體都是易逝且難以完整敘述的，如瓊斯在詩中所言，我們不過是星際塵埃的臨時聚集，「發現自己／處於光芒&失血／黃鐵礦的時間帶」。然而瓊斯想說的不止於此，在《享受魔鬼》中，瓊斯想表明，我們如果把「無」指認為事物進程與生物進化最後的結論——如佛教早已做到的——那麼同時我們也不可思議地推翻了這

個結論，因為有的東西在對於無的設定中已變得比「無」更稀薄也更猛烈。是的，我們「絕不該／精準凝視虛無」，但為了獲得關於無的真相，至少可以斜視或者以模糊的方式凝視這個至今還未得到很好解釋的空集，並問自己：為何它能讓我們走到今天我們所在之處，事物以及生命的意義是否是一個被進化過程「推定」出來的東西？它究竟如何起作用？為何「我們的眼睛拒絕接受／任何一個稱為『此』／的地方」，或者說，「銀河系」終究也不過是「一次夢遺」。更重要的是，詩如何介入了這一切？瓊斯提供了一個入口，一個兔子洞，它開啟無窮變化的界面，它已經進入自身的未來。

「慾望那可怕的光輝」：
葉慈詩歌的心理解析

　　一如浪漫主義前輩華茲華斯、拜倫、雪萊，葉慈（所謂「最後一個浪漫主義詩人」）同樣也在生死愛慾中煎熬一生，至死未能擺脫慾望的糾纏，或者說，他並不希望去擺脫。在《新詩集》（1938）中，垂暮之年的葉慈大聲叫道：「但我還未滿足」（〈你滿足嗎〉）。在《最後的詩》（1939）的最末，他還痴心幻想：「啊，多希望我重返青春／將她抱在我懷裡」（〈政治〉）。葉慈以這樣的句子結束長達50年的詩歌生涯，不能不說令人哀慟，智慧的成熟果皮裡包裹的原來是一顆火熱的少年心。於是，葉慈與艾略特形成鮮明對照，前者以主體永不止息的慾望／情慾作為首要的詩歌驅力，而後者晚年日趨正統保守，以宏大的時間與宗教沉思湮滅了主體的隱秘激情。

　　然而，葉慈是個戴面具的人，在詩裡以虛構人物的口吻講話，所以他的慾望都藏在象徵面具的背後。不僅如此，面具本身即是葉慈的慾望對象：「是面具讓你著迷／讓你的心開始跳／而不是那背後的。」自我欲求的，乃是自我所分裂、幻化出的

理想面具。在1925年初版的《幻象》中，葉慈將面具定義為「意志的反面或反自我（anti-self），即我們欲成為的形象」。在1937年的再版中，葉慈將面具提升為「慾望之對象或善之理念」，而兩者「在所有事物中，乃是最難達到的」。艾爾曼（Richard Ellmann）在《葉慈：其人及其面具》一書中，進一步勾勒出葉慈面具的三種模式：面具首先象徵一個社會的自我，進而發展為愛人面前的防禦盔甲，防止自我受到傷害，最後，面具成為我們欲求實現的英勇理想。

　　有趣的是，葉慈英勇的面具常被他的批評家洞穿，露出敏感、膽怯、懼怕失敗的詩人本質。葉慈既渴望他者，又害怕他者。艾爾曼看到了戀愛中的葉慈如何被慾望分裂：「葉慈的困境在於，他天生愛夢幻，具有詩性和自我意識，無法像果敢的人一樣去行動……然而要贏得她[茉德·岡]，他不得不變成行動的人，組織與建設愛爾蘭」。葉慈也嘗試過「組織與建設愛爾蘭」，但可以說都是為了一個女人，他本人更想擁抱的是女人而不是政治：「他總認為[民族主義]有其危險、魯莽的一面。」女性主義批評者已指出，葉慈在早期詩歌文本中將愛爾蘭與茉德同等地視為「致命的女人」。葉慈的困境在於：一方面想贏得茉德，一方面又質疑她狂野的事業，這對張力為葉慈的詩奠定了一個可供其無窮演繹的基體。評論家們理所當然地承認茉德以及後來的奧莉維亞，在葉慈詩中佔據不可或缺之地位，比如，希尼輕描淡寫地說：「葉慈談過戀愛，先是茉德，後是奧莉維亞，這些事件攪亂了他的感情生活，也提升了他，賦予他從事其他事業的

力量。」自古以來，每個男性詩人（除了荷馬？）身後都站著一、兩個女人，這似乎無須再論。然而，對葉慈的生平傳記、歷史政治、宗教哲學、象徵詩藝的大量研究，要麼將葉慈的慾望問題視作既定事實從而略去，要麼像希尼那樣，把女人與「其他事業」簡單地對立，忽視葉慈詩中不變的深層慾望驅力。女性主義的解讀，如卡琳福特（E. B. Cullingford）的《葉慈情詩中的性別與歷史》（1996）一書，雖然強調了葉慈詩的慾望運作，卻將它歷史化、政治化、語境化，未能揭示出葉慈詩中非歷史的創傷性缺口。從精神分析的角度看葉慈，我們發現在葉慈的「所是」和「欲成為」之間，存在巨大溝壑，而面具化的詩歌無疑以一種幻想／幻象的方式，試圖去填補、掩蓋、防禦這個缺口。甚至，葉慈在中後期詩作中穿透幻想的安慰，直接認同於重複性衝動，越過慾望的辯證法，奔向死亡驅力的彼岸王國。本文以拉岡與紀傑克的精神分析理論為出發點，拆卸葉慈的面具盔甲，探入其詩的慾望內核，揭示葉慈如何完成詩藝昇華並獲取持續的詩歌驅力，以闡明希尼所言的「攪亂」與「提升」的心理機制。

「物」與頑石：從〈1916復活節〉說起 ─────

本文的討論將從葉慈〈1916復活節〉中的那塊「頑石」開始，因為它彷彿一個宇宙空間的黑洞，漩渦般地牽引著葉慈的象徵體系與詩歌欲力。這個被多重決定的中樞意象關聯著葉慈對愛情、創傷、毀滅等議題的詩意再現。解開這塊石頭所蘊含的意義或無意義，將有助透視葉慈的慾望模態與面具／幻想心理。對於

〈1916復活節〉中的「石頭」與「生活的河流」，批評家一般認為：前者代表毫不妥協的、盲目的、必死的、悲劇意義上的革命決心，後者象徵流變的、人文主義的、喜劇意義上的普通大眾生活。林奇（David Lynch）以為：「最令葉慈感動的，是他們[起義者]對神祕目的的忠誠」。問題是，為什麼在葉慈眼裡，激進的政治革命成為一個「神祕目的」？石頭如何被葉慈賦予了神祕的光暈？茉德如何被葉慈（誤）認作詩性的、悲劇性的頑石？這群起義者如何從瑣碎的日常生活上升到萬劫不復的悲劇高度？僅僅通過參與暴力顛覆從而催生出一種「可怕的美」？葉慈「可怕的美」的本質是什麼？

起義者（及其支持者茉德）在1916年春天所完成的，不僅是激進的政治革命，而是一次拉岡意義上的「行動」，儘管它失敗了。拉岡在《研討班7》中詳論了索福克勒斯的悲劇《安提戈涅》，認為安提戈涅固執己見，違背國王命令埋葬亡兄這一行動，無異於將自己置於「兩次死亡之間」──象徵的死亡與真實的死亡。拉岡指出：「安提戈涅的位置代表了激進的極限……她不斷提醒我們，她居住在死亡的國度，但此刻，這個想法被神聖化了。她所受的懲罰，在於被懸置於生命與死亡的中間地帶。她雖然沒死，卻已然從生的世界中被抹除」。通過激進地否認或棄絕社會符號秩序（國王的律令），安提戈涅宣告了自己的象徵死亡：她被驅趕出城邦社會，像鬼魂一樣遊蕩，然而，這時她的肉體還未消亡，她還未真實地死亡。通過自殺性行動，安提戈涅棄絕了既定的社會道德價值框架，從而開創出新的道德坐標系。行

動無疑是創傷性的，從此，主體不得不生活在幽靈的國度與精神病患者的花園。

在〈1916復活節〉中，起義者們確實「真實地」死亡了，犧牲了。他們似乎沒有經歷「兩次死亡」（被放逐出社會結構），而是一次性地成為幕終時的安提戈涅（被處決／肉身消亡）。然而，葉慈為何在詩裡不厭其煩地列舉起義者日常生活的符號地位，如好心卻無知的貴族夫人、詩人兼校長、天性敏感的作家、「酗酒的、虛榮的」革命家等等，並描述與他們漫不經心的相遇：「我在天黑時碰到他們／一張張生動的臉」？難道從中我們沒有讀出起義者社會地位的差異如何被自殺性行動一概抹平？主體的異質性在這一集體的「道德行動」中被揚棄成為同質性。「不同的」市民變成「同樣的」革命烈士；「一切都變了，完全變了。」葉慈「可怕的美」並非簡單的暴力美學化，而是將一個普通主體提升到拉岡之「物」的高度。紀傑克說：「兩次死亡之間的地帶，充滿了崇高的美以及可怕的怪物，『物』的居留地。」然而，什麼是拉岡之「物」？

在吸取海德格和佛洛伊德關於「物」的概念後，拉岡在《研討班7》中將「物」定義為「能指的彼岸」，「物」就是無法被符號化、象徵化的東西，一個毫不妥協的「黯啞的實在」。切不可將拉岡之物理解為一個有形實體，毋寧說，它是主體性、意指結構、社會象徵關係中心的創傷性空缺，隸屬「真實領域」。用紀傑克的話說，它是「什麼東西都可以填進去的一個空位」。環繞著這個崇高空位，主體性和社會意指結構得以建立。所以，

「物」不是一樣東西，而是一樣東西獲取意義（或用形式主義的說法：「使石頭成為石頭」）的先決保障，比如前衛藝術中置放破輪胎的那個崇高展台。與此同時，「物」組織、規劃著主體的慾望：「物的問題與我們慾望中心任何敞開的、缺失的、開裂的有關。」作為慾望客體的「物」從一開始就缺失了，主體在不斷尋找它的過程中，在慾望的辯證法中，回溯地構建出了它。

再來看〈1916復活節〉，讓葉慈以及人道主義的讀者們感到困惑是：起義者為何這般固執於行動？作為「神祕目的」的頑石擋在生活的河流中，到底想幹什麼？大自然時時刻刻變遷著，各類動物過著快樂的本能生活，而人心卻因迷戀暴力革命而變得石頭般僵硬，在大自然的中心佔據一個極不自然的角色。死亡擋住了生活。然而在此處，起義者並非表現出了對於慾望的對象原因的歇斯底里般依戀，也沒有受到物的某種神祕召喚（如葉慈本人與林奇認為的那樣），而是直接「物化」──將自身等同為物，成為物的空位的一個填充，在一瞬間將自身昇華。拉岡正是將「昇華」定義為「把對象提升到物的尊位上」。由此，起義者完成質的飛躍，如葉慈驚嘆的那樣，「完全變了」（transformed utterly），變成紀傑克所說的客體化的「怪物」，散發出恐怖而崇高的光澤，或用葉慈的話說，「慾望那可怕的光輝。」其實，正是有了不要命的革命者這樣的崇高的、瘋狂的、心如頑石的「怪物」，葉慈作為詩人才能發揮他的想像與幻想，才能構建起他的詩的意指結構，即意象與象徵的體系，如麗達、天鵝、海倫、特洛伊、紅玫瑰等充滿創傷與暴力的可怕之美。這契合康

德－利奧塔關於崇高的論述。崇高的藝術溢出了主體的知性範疇，將不可呈現之物（頑石／慾望缺口）呈現了出來，讓觀眾在精神創傷中痛著並享樂著。

因為遭遇到黯啞之物，葉慈感覺無所適從（正如克瑞翁在安提戈涅面前無所適從），只好「呼喚一個個名字／像母親呼喚她的孩子／當沉睡最終降臨在／瘋狂的肢體上」。葉慈以幻想的慈母自居，其實暴露出創傷的自我防禦機制：詩人戴著消極的母親面具，居高臨下，以掩飾內心對積極行動的他者（包括茉德的丈夫麥克布萊德）的暗中豔羨（甚或嫉妒）。拉岡認為，人的慾望是他者的慾望，那麼可以說，葉慈的慾望是茉德的慾望，是欲成為茉德所欣賞的行動者的慾望。葉慈主動分擔茉德的命運，參加愛爾蘭共和國兄弟會、國家文學協會，從文學上為愛爾蘭尋根，撰寫《凱爾特的薄暮》（1902），為愛爾蘭國家劇院的事務奔走等等。但葉慈對於極端的愛爾蘭民族主義，始終心懷疑慮，「過於長久的犧牲，把心變作了石頭」，葉慈如是說。他內心衝突的根源在於，對於茉德所代表的激進、崇高、可怕的革命事業，他既想去觸摸，又不敢去觸摸，只能通過較溫和與間接的方式來完成自己的文學使命。他的自我防禦與內心衝動最終通過象徵性的詩歌獲得調解。對葉慈來說，詩不是其他，詩就是這項調解或釋放本身。葉慈絕大部分的抒情詩皆為圍繞這一慾望與創傷之物的神經質搏動，如艾爾曼所言，「他的作品不過是歇斯底里症中常見的分裂意識的表徵罷了。」

葉慈／茉德的典雅愛情 ━━━━━━━━━━━━━

　　作為激進的大寫的他者，「物」對主體有著致命的吸引。茉德早已被葉慈「物化」，「從一個女人變成女王或女神」。茉德保持自身的不可獲取性，即是維持葉慈慾望的必要條件，葉慈向她求婚數次未果，第一次在1891年，那時葉慈才26歲，最末一次在1916年左右，葉慈已年過半百矣。葉慈與茉德的戀愛模式頗似中世紀的典雅愛情。拉岡認為典雅愛情是一個「歪像」（anamorphosis），中世紀宮廷詩人在藝術創作中所呈現的，不是一個有血有肉的、慾望著的女人，而是一個客體，一個「恐怖的、非人的伴侶」。紀傑克指出，典雅愛情中的女士具有「極端的、無法探究的他者性」，她「詭異而恐怖」，「這個創傷性他者即是拉岡的佛洛伊德術語所稱的物」，同時，「作為物的女士可視作激進的惡的化身」。葉慈向我們呈現的茉德，正是這樣一個激進的他者／惡：「她居住在風暴與鬥爭裡／她的靈魂渴望著／一個高貴的死／無法忍受／生活裡普通的善。」

　　我們來重讀葉慈聞知茉德與麥克布萊德結婚時寫下的著名的〈寒冷的蒼穹〉一詩：

> 我突然看見寒冷的、為烏鴉所喜悅的蒼穹
>
> 彷彿燃燒過的冰，生出更多的冰，
>
> 想像力與心快要發瘋
>
> 每一個隨意的想法都消失了，

惟留下許久前愛情挫敗的回憶，

應與年輕的熱血一起過時；

我毫無理智地承擔所有罪責，

直到我痛哭，顫慄，前後搖晃，

被光芒充滿。啊！難道這就是書上所說

當死亡之床的混亂結束，鬼魂開始復活

被赤裸地驅趕上路，作為蒼天不公的懲罰？

這首詩並不像有的批評家認為的那樣難讀。從精神分析來看，
「寒冷的蒼穹」無疑象徵著「與我們的需要與慾望完全無法合拍
的激進他者性」，一架生產冰的「純粹機器」，一個無法被主體
符號化的異質客體，冰冷、恐怖的空洞之物。而「燃燒過的冰」
這個矛盾修辭不僅僅如有的讀者認為的那樣，「把詩裡餘下的兩
個看似相反的主題統一起來：年輕時燃燒的激情與一個老人凍僵
的魂魄」。在「燃燒過的冰／生出更多的冰」的詭異詩行裡，
葉慈向我們展現一種類似盲目生殖的過剩，精神創傷正因其「太
多」／「過剩」而具備了蕩力（jouissance）性質。這與憂鬱症類
似，自我喪失了慾望的客體，導致力比多回流，自我變得空虛貧
乏，主體正是在這種過剩的自戀力比多中享受病態快感。被拒
絕、冰凍的慾望以辯證法的方式釋放出更多的慾望，換句話說，
慾望正是在不斷自我增殖中享受蕩力。得知茉德與別人結婚，葉
慈頭腦裡一片空白，惟有「愛情挫敗的回憶」，他想到的還是自
己，自己未達成的慾望。按照佛洛伊德的依戀型－自戀型來劃

分，在對待茉德上，葉慈看似屬於前者，實際上屬於後者。他並不像依戀母親一樣依戀茉德，他只需要她作為「真實之物」來賦予自己的生活和詩歌以象徵意義。為什麼是他去承擔罪責呢？有必須承擔的罪責嗎？葉慈既已經通過詩的「歪像」將茉德昇華為無法接近的女神／客體，那麼只剩下與客體相對應的主體來承擔超我的罪責。茉德最後選擇了革命家而不是詩人，並不代表她更「愛」革命家，兩人婚後不久便反目，分居，而茉德與葉慈竟再度和解。更不代表葉慈有何可責怪之處，這只說明這個女人諳熟葉慈深度的自戀傾向，於是相應地採取「不可及之物」這一崇高的姿態。與安提戈涅一樣，茉德在徹底拒絕葉慈求婚時，「將自己特定的／明確的決定直接認同於他者的命令／召喚」。茉德深知，擁有葉慈唯一的方法就是拒絕他，失去他。葉慈熱愛的是幻想中的激進他者，那麼茉德的最佳策略就是去成為這個他者。茉德曾對葉慈說，「詩人永遠不該結婚；他可以從他所謂的不幸中作出美麗的詩來；世人會因為她不嫁給他而感謝她的。」其實，假若葉慈並沒有匍匐在女神面前，他反而有可能贏得她，「要贏取愛，不是通過嚴肅的俯伏，而是表面上的冷淡，而葉慈在與茉德·岡交往時，發現自己根本無法做到」。

葉慈並沒如自己所說，從此化作「赤裸上路的鬼魂」。他周圍一直有女人，年輕的，美貌的，有才華的，但都無法對葉慈構成「物」的創傷吸引。換言之，葉慈能輕易地將她們處理為一個個象徵，將其符號化、同質化，吸納入他的世界觀。無法被主體化的創傷，惟有茉德。葉慈在晚年陷入初戀的回憶，以中世紀游

吟詩人的唏噓語調，虛構出冷艷的月亮女神，如〈一個男人的青年與老年·初戀〉一詩：

> 如航行的月亮
> 孕育自謀殺性的美麗，
> 她邊走邊臉紅
> 站在我的路上
> 我以為她體內有一顆
> 有血有肉的心。
> 自從我把手放上去
> 發現一顆石頭的心後
> 我嘗試許多事情
> 但無一成功，
> 因為每只在月亮上旅行的手
> 都會變得瘋狂。
> 她笑了，改變了我
> 把我變作蠢漢，
> 讓我四處閒蕩，
> 當月亮航行時
> 頭腦比天空的星座
> 還要空。

羅森塔爾（M. L. Rosenthal）指出，此處的月亮女神「美麗而冷

漠，僅具有表面的女性氣質，卻留下一片黑暗、混亂」。應該補充的是，「黑暗與混亂」正是葉慈詩藝昇華所亟需的欲力動因。對大多數人來說，初戀都具創傷意味。茉德的出現猶如一次意料不及的事件，打亂了葉慈生活中既定的象徵秩序，為其重新制定幻想之框架與生命坐標系，讓葉慈在有生之年重複不斷地、無窮無盡地追憶／撫摸這個精神打擊。〈一個男人的青年與老年〉這組詩寫於1926-27年間，其時葉慈已入花甲，娶妻生女，但仍未忘情。

　　精神分析認為，主體與真實之「物」的相遇總是錯過，但正是這種錯過使得葉慈如強迫症病人一樣，不斷在詩裡重演和再現他的失戀創傷。葉慈一輩子在女人間「四處閒蕩」，不就是為了尋找那第一次「航行的月亮」，那「謀殺性的美麗」，那創傷性的原初場景？據佛洛伊德的修正，在很多情況下，原初場景並非實際發生的事實，它更多地由幻想構成，由主體在慾望的辯證運動中回溯地形成。「航行的月亮」與「石頭的心」，如〈1916復活節〉中可怕的頑石，都是葉慈通過詩歌幻象構建出來的原初之物。只有冰冷的石頭和遠行的月亮才能引發葉慈狂熱的力比多貫注，這毫不奇怪。實際上，男人很容易就會愛上詭異奇譎、無法猜度的女人。葉慈曾坦白：「對於困難事物的迷戀／已吸乾我血管裡的精力／把活潑的快樂與自然的滿足／從我心裡扯出」（〈對於困難事物的迷戀〉），並認為自己「努力地／以古老而高貴的方式來愛你」（〈亞當的詛咒〉）。這「古老而高貴的方式」類似一場主人／奴僕的遊戲，一場力比多經濟的非對稱談

判，一個上演激情慾望的假面舞會：男人充當為愛獻身的英雄，女人拈花一笑，但仍不可及，仍包裹在神祕之中。男人也許並不愛女人本身，他愛的是她空洞的姿態，「她在他夢裡出現的樣子」，男人愛自己的乾渴勝過了愛女人，如〈空杯〉：

> 一個瘋子找到一個杯子，
> 都快要渴死，
> 還不敢濕潤自己的嘴唇
> 他被月亮詛咒，設想
> 再喝上滿滿一口
> 他的心跳就要爆炸。
> 去年十月我也找到了它
> 發現它枯乾如骨頭，
> 於是我發了瘋
> 再也睡不著。

慾望叢林：奧莉維亞的長髮 —————

　　從茉德到奧莉維亞（Olivia Shakespear）的過程，即是從令人恐懼的、悲劇性的安提戈涅，到可接近的、富生活氣息的伊斯墨涅，從被動的精神創傷到主動的慾望佔有，從自戀型到依戀型，從拉岡之物到小他物。奧莉維亞是葉慈繼茉德之後的第二個重要女人，兩人曾同居，一生未中斷過通信與友誼。奧莉維亞有一頭漂亮、濃密的長髮，正好為葉慈在茉德處受阻的力比多提供不可

多得的傾注客體。小他物與「物」同屬拉岡的真實領域，同是慾望的對象原因，然而小他物更多地指涉某個具體的對象，該對象在主體內部但卻悖論地超越了主體自身。「小他物是主體為了構建自身而從自身分離下來的一個器官。它是缺失的象徵，菲勒斯的象徵。」不僅如此，凡可以掩蓋主體內部空隙與缺失的物件，皆可視作小他物的替代。

小他物在葉慈的詩中通常以某種「女性掩體」的形式出現，在早期的〈女人心〉一詩中，葉慈以奧莉維亞的口吻搭建起看似堅實的愛情堡壘，以對抗世間的煩惱與生死：

> 我何需母親的關愛，
> 與溫暖安全的家居；
> 我濃密如花的頭髮
> 為我們遮擋苦風苦雨。
> 藏身的頭髮與閃亮的眼睛，
> 我不再於生死中流轉，
> 我的心靠著他溫暖的心，
> 我的呼吸混合著他的呼吸。

我們目睹了葉慈的假面：明明是他自己神經質地擔憂「苦風苦雨」，懼怕「於生死中流轉」，卻通過詩的無意識幻術將這個恐懼移置／投射到他的戀人身上。葉慈在奧莉維亞身上看到的，難道不正是「母親的關愛」或「溫暖安全的家居」這個拉岡所說的

原初幻象？葉慈汲汲渴望的，正是母親黑暗而溫暖的子宮，與母親合一的原初快感，一個躲避情感創傷的封閉城堡。葉慈無法長久地凝視茉德那「謀殺性的美麗」和「慾望那可怕的光輝」，正如人無法直視正午的太陽，他需要一個陰暗溫柔的掩體來保護自己，而奧莉維亞「濃密如花」的頭髮正好供他「藏身」。更進一步說，奧莉維亞似乎沒辦法給葉慈任何別的東西，她不像茉德，可以給他革命的激情和超絕的容貌，她惟有「濃密的頭髮」，當然還有「蒼白的眉頭」和「平靜的雙手」——與茉德相比，她當然「平靜」。從精神分析看，頭髮雖長在奧莉維亞身上，似乎已脫離了她本人，成為獨立的「器官」和慾望客體。頭髮已不是頭髮本身，它獲取了超越自身的意義，成為力比多的接收器。這已不是簡單的詩學提喻，而關涉到作為提喻的能指喪失了它的所指，或者說，喻體乾脆就篡了本體的位，逐本體而代之。

奧莉維亞的長髮以幻想的方式暫時縫合了葉慈主體核心的慾望缺口，為他情慾的演出鋪墊浪漫的舞台：「親愛的，閉上你的眼睛，讓你的心／敲打著我的心，讓你的頭髮傾瀉於我胸前，／淹沒愛的孤獨時刻，於休憩的深沉暮色。」葉慈此刻安然享受「休憩的深沉暮色」，不知他是否預感到十五年後，當茉德與別人結婚時，他竟會痛苦以至於「被光芒充滿」？竟會於寒冷的蒼穹下遊蕩如赤裸的鬼魂？不管怎樣，在與奧莉維亞的交往中，葉慈試著去放下茉德，哪怕是暫時的：「他夢見他坐在／她濃密的長髮裡玩耍……／他的脖子他的胸膛他的手臂／淹沒在她濃密的長髮裡。」在這個夢裡，葉慈所扮演的不是慈母，而是他的本

色——「天真」的男孩。這個男孩堅信關於母親－他者的全能的幻象，在此幻象中，男孩的原始需求得到暫時滿足。由此觀之，奧莉維亞的長髮象徵著被壓抑之禁忌的回歸，乃是「母性的菲勒斯，作為亂倫關係符號的菲勒斯」。

在詩歌裡，女人頭髮成為男人的慾望客體，本不足奇，十八世紀英國詩人蒲柏驚天動地的《奪髮記》即因一縷秀髮而起。可以設想，奧莉維亞若剪掉她濃密的長髮，葉慈對她的興趣恐怕大打折扣。在《葦間風》（1899）裡，為了釋放並同時掩蓋自己的情慾，葉慈讓各類愛爾蘭神話人物與動物輪番登場，包括乘風而行、象徵著慾望的希神（Sidhe），披散長髮的美麗女神尼婭芙（Niamh），「腦子裡燃著一團火」的青春之神安格斯（Aengus），還有幻影之馬（Shadowy Horses），它那長長的鬃毛（long mane）更是直接暗示奧莉維亞的長髮。誠如艾爾曼所言，「葉慈藏不住祕密的」，已被慾望煎熬得不堪的葉慈，有時乾脆摘下面具，呼喚一把可以遮擋慾望之風的愛情傘：「她的頭髮如花瓣合起／腳下是愛的寧靜。」悖論的是，作為「小他物」的女人頭髮，不但沒有滿足葉慈慾望，更是激發更多慾望。這一點在葉慈詩韻上顯露無疑。幾乎無一例外地，葉慈用 air 去押韻 hair，這不僅因為兩詞幾乎音形相同，而是因為兩詞在意義上的緊密關聯：女人的頭髮如幻影般的空氣，無形無色，與欲念俱生，夢醒後如風四散。葉慈坦言：「我把風作為朦朧的慾望與希望的象徵……因為風、靈魂以及朦朧的慾望之間具有普遍的關聯。」《葦間風》的標題本身即彰顯慾望的攫取與追逐：蘆葦乃女人的

頭髮，慾望之對象，風則是男人的靈魂或氣息，在符號網絡中快意地穿行。上帝在造人時吹的那口氣，那股風，那在無盡換喻中穿行的原始需求，乃是精神分析揭示的人的本相。

我們看到葉慈愛上了兩個鏡像般的女人，一個是剛烈的女革命家，帶來恐怖的、崇高的美，用「物」的創傷威力將葉慈的感情世界撕裂；另一個是柔情的女作家，「有教養，性格隨和」，用她的長髮來修補、彌合葉慈支離破碎的情慾。一個折射出葉慈的瘋狂自戀，另一個使得葉慈依戀，激發他無意識的亂倫幻想（根據佛洛伊德和拉岡，愛情最終還是自戀的）。其實，她們只在葉慈的想像中才成為鏡像罷了，葉慈有意安排她倆演對台戲，她倆現實中的差別並不像葉慈呈現的那樣。奧莉維亞與茉德一樣，都是有夫之婦，都不是葉慈最終可棲息的對象。相比較而言，茉德畢竟是「主人能指」（Master Signifier），凌駕其他女人之上。葉慈多次把茉德喻作傾覆特洛伊的海倫，把自己視作被毀的「第二個特洛伊」。讀者不要被〈沒有第二個特洛伊〉這首詩的標題誤導，當然沒有第二個特洛伊，因為葉慈本人就是第二個特洛伊。茉德與奧莉維亞並不完全對等，葉慈在後者身上時不時地看見前者的身影，而這，在葉慈看來，竟成為奧莉維亞離開他的原因（見〈戀人失戀時的悲哀〉）。不管怎樣，這兩個女人以各自的方式掩蓋了葉慈的主體空隙，調動他的心理能量，激發他的詩藝昇華。從精神分析來觀，葉慈愛戀的對象，不是茉德，而是作為創傷之物的茉德，不是奧莉維亞，而是作為掩飾主體空缺的小他物的奧莉維亞。與雪萊一樣，讓葉慈至死難忘的，是那飽

經滄桑後仍舊終不可得的慾望對象之水中倒影──隱約閃現的真實界：「男人愛戀那消失的事物，／還有什麼可多說？」再如：

我聽見很老，很老的人說，
「一切都在改變，
我們一個接一個地離開。」
他們的手像爪子，他們的膝
彎曲，如水邊
蒼老的山楂樹。
我聽見很老，很老的人說，
「一切的美麗
如水流逝。」
（〈老人欣賞自己的水中倒影〉）

舞女與乞丐

對於慾望的本質，葉慈深有體會。從早期的《玫瑰集》到晚期的《新詩集》，葉慈大部分的抒情詩皆為慾望問題之多型態演化。他在某個注釋中寫道：「男人慾望著女人，而女人慾望著男人的慾望。」那麼，在慾望無止盡的、症狀性的漂流與追逐背後，究竟有何本體論上的基點？精神分析給出的答案是，惟症狀而已，人的本質就是他的症狀，以及對症狀的認同。的確，葉慈在愛情詩中需求幻象（長髮、休憩）以防禦真實的創傷（頑石、行動），但此種幻象終究難以消除葉慈對「兩次死亡之間」不可

及之物的深度迷戀。從葉慈中晚期的詩來看，詩人似乎並沒有變得成熟，而是越來越瘋癲：「請給我老年的狂熱（frenzy）。」如果說艾略特以乾枯的口吻嘆息，人越老，「生與死的模式越複雜」，那麼葉慈的回答是，人越老，「他的喜悅一天比一天深沉」，雖然這種喜悅夾雜著痛楚。隨年齡漸長，葉慈並沒有妥協他的激情慾望，而是將其進行到底：「當搖籃與線軸已成為過去／我終將凝結成／一片陰影／像風一樣透明，／我想我會找到／忠誠的愛人，忠誠的愛人。」葉慈正是在這種根本不可能找到的重複性尋找之中獲得愉悅，以至於在中後期詩作裡，葉慈竟然穿越予人慰藉的「全能的幻象」，認同於驅力本身——可怕的重複性衝動，並從中攝取身體的蕩力。此時，茉德、奧莉維亞、茉德之女以及葉慈之女，均化身為匿名的長髮舞女，隨葉慈的目光一齊搖擺。

在著名的〈在學童中間〉的最後兩行詩裡，葉慈完成與重複性衝動的認同：

啊，隨音樂搖擺的身體，啊，閃亮的目光
我們如何分辨舞者與舞蹈？

這首詩的前五個詩節塞滿了葉慈常用的情慾象徵：被化作天鵝的宙斯所姦污的麗達。葉慈彷彿又看到了茉德和她的女兒伊索爾德（Iseult Gonne）——「天鵝的後代」（葉慈曾向伊索爾德求婚，仍被拒，他有時在詩裡把自己的女兒投射或誤認為她，見〈為我

的女兒禱告〉）。第六個詩節對古希臘哲學（柏拉圖，亞里士多德，畢達哥拉斯）提出質疑。第七個詩節質疑「激情、虔誠和愛意所熟知的那些現象」（愛情、宗教、親情），因為它們「也令人心碎」。在穿透了情慾追逐和哲學宗教諸種幻象後，葉慈發現，惟一留存的竟是不斷搖擺的身體，是死亡驅力的旋轉本身。「如何分辨舞者與舞蹈」將我們從慾望的範疇引渡到驅力的國度。舞蹈成為驅力的象徵絕非偶然，紀傑克就驅力給出的經典例子是：從前，有個女孩穿上一雙魔鞋，她必須跳舞，不停地跳，最後筋疲力盡，魔鞋脫不下來，只好用斧頭砍下她的雙腳，而那血淋淋的雙腳竟然在舞池上繼續瘋狂的旋轉。葉慈自己也曾感悟：「如偉大聖賢所言，／人以不死的雙腳跳舞」。

在葉慈的象徵體系中，「跳舞」這個死亡衝動常常為主體帶來身體的蕩力：「但願我能在水上航行……／吹著笛子，跳著舞，／發現最美的事／就是在跳舞時變換愛人／一吻換一吻。」蕩力與慾望的不同在於，慾望在無止境的換喻中滑行，不斷更替對象（「變換愛人」），而蕩力／驅力則以它自身的旋轉與回歸為目標，這就是為什麼愛人可變換，舞步卻不可停下來。葉慈在很多詩裡提到跳舞的女孩：

　　你在海邊起舞；
　　你何須在意
　　風或海浪的咆哮？
　　披散著你那

被鹽水打濕的頭髮;

你年輕,還不知道

傻子會得勝,也未嘗過

到手即失去的愛情,

最好的勞動者已死去

收成等待捆束。

你何須懼怕

風的恐怖的呼嘯?

(〈致風中起舞的女孩〉)

這個女孩即是伊索爾德,葉慈一度傾注的對象。她不顧海風那駭人的呼嘯,披散頭髮,在海邊獨自起舞。這首詩似乎暗示蕭殺的政治氣氛,「最好的勞動者已死去」似指已故的愛爾蘭政治領袖帕內爾(C. S. Parnell)。然而,假設施行一種紀傑克提倡的暴力闡釋,即讓文本脫離常規的闡釋背景,那麼,這首詩便豁然顯現它的真相效果。在剝離這首詩的浪漫－象徵主義外殼後,我們看到的是,在盲目的死亡驅力的鞭笞下,一個強迫症患者如何置外部現實於不顧,瘋狂地重複同一個空洞的、既無起因、也無觀眾的動作:跳舞。摘掉葉慈的面具,我們發現,正是葉慈本人的慾望凝視製造出了這個症候的舞女。伊索爾德的海邊之舞正是葉慈本人難以遏制的視覺驅力的表徵。

卡琳福特從女性主義批判出發,認為葉慈筆下的舞女滿足了男性的窺視欲,然而,她忽視了窺視慾的反身性。根據拉岡,

視覺驅力的本質並不在於「去看」，而在於使自己被想像的他者「看到」，所以凝視變成了一個外在的小他物：觀看者看到的不是某個具體的對象，而是想像他者的凝視本身。此處，葉慈的快感恰好源於在伊索爾德面前暴露他自己，迫使自己被想像的激進他者「看到」。緊隨該詩，葉慈又寫了一首〈兩年以後〉給伊索爾德，告誡她不要像她母親那樣，如絕望的燃燒的飛蛾，遭受折磨以至於崩潰。葉慈的嚴父面具背後，其實隱藏了一個絕望的求愛者。並不是葉慈在凝視伊索爾德，而是葉慈想像伊索爾德在凝視他。確實，葉慈喜歡年輕貌美的女孩，如果她碰巧會跳舞，那就令葉慈再欣賞不過。但是我們不必倉促地從女性主義的角度去批判葉慈對於年輕、貌美、善舞的女孩的凝視。精神分析揭示的是，葉慈的理想之美或「可怕之美」並非僅僅固化了對於女性的陳規式再現（致命的女人，瘋女人等等），而是預設了一個隱蔽的、卻能夠調動並規劃主體欲力的他者凝視。危險而癲狂的舞女象徵葉慈想去觸摸卻又不敢觸摸的歇斯底里－激情型他者。葉慈正是通過重複地「看」舞女來捕獲他者（茉德、奧莉維亞、伊索爾德、讀者大眾，不論「想像的」還是「真實的」）的凝視。這個凝視像一個看不見的點，支撐著葉慈詩中欲力與能指的旋轉。取消這個他者的凝視，葉慈恐怕也寫不出這些創痛的詩篇來。葉慈七十一歲的時候，仍不肯放棄對創傷他者的迷戀，寫下〈一個瘋癲的女孩〉：

那個瘋癲的女孩即興創作她的樂曲

與她的詩，在海邊起舞，

她的靈魂自我分裂，

上升，下墜，不知墜落何處，

……

無論發生任何災難

她都纏繞在絕望的樂曲裡

纏繞，纏繞，

……

唱道，「啊，渴望大海，飢渴的大海。」

　　與〈致風中起舞的女孩〉類似，作為遠景的、了無人煙的
「大海」暗示著：主體突破了慣常的社會關係，進入「兩次死
亡之間」的瘋狂地帶，被自身的驅力無窮纏繞，主體與驅力認
同，遭受客體化命運，如安提戈涅。末句難以迻譯，sea-starved
hungry sea 似指：女孩渴望大海，渴望觸摸「能指的彼岸」，然
而，此種觸摸非但沒能滿足她，反而使她愈加飢渴。葉慈在詩中
高度同情這個女孩：「我宣稱那女孩／為一個美麗崇高的事物
（thing）／或一個英勇地失去，又英勇地尋回的事物。」葉慈稱
她為「事物」，或出於親切與憐憫，如英文口語中常見的「可憐
的小傢伙」（a poor little thing）。然而，我們深入這幾行詩的慾
望內部，就會發現，葉慈的詩性蕩力，恰好源於美麗、崇高、瘋
狂之「物」的假想失落與找回。這個症候的舞女不僅影射了茉德
以及伊索爾德，同時使得葉慈自身回環運行的驅力有跡可循。葉

慈自己難道沒有遭受靈魂的分裂？「我的靈魂愛慕著／那傷害靈魂的。」葉慈自己難道沒有纏繞在絕望的詩歌裡？「從夢幻到夢幻從詩韻到詩韻／我與空中的影像閒談／模糊的記憶，只剩下記憶。」葉慈難道沒有渴望那只會使自己更加飢渴的大海？那象徵著慾望與毀滅的特洛伊的海岸？葉慈的這個舞女，難道不就是他的面具，他欲成為的、置任何災難於不顧的英勇形象？一個永恆地游離於既定的符號世界以外的未死的影像？

　　如果說慾望散發出可怕的光輝，那麼蕩力則藉助身體的搖擺，「英勇地」在「絕望的樂曲」中繼續那脫離現實的精神分裂之舞。在〈麥克爾‧羅巴蒂斯與舞者〉一詩中，葉慈不無緣由地感嘆：「身體裡存有巨大的危險。」舞蹈似乎已超越浪漫的氛圍，具備病理特徵，而比「去人性化」的女性舞蹈更能再現「英勇」驅力的，則是男性身體的搖擺，甚或赤裸毆鬥。葉慈的悲劇性或後浪漫主義特徵，體現在對「死而不亡」的過剩驅力的終極關懷上面。茉德、奧莉維亞、伊索爾德、美麗崇高的舞女等等，對葉慈的吸引也許都不及心臟本身的強烈悸動，一種可怕的、向前的助推力。葉慈的敘事詩〈三個乞丐〉，以殘忍的方式描繪了驅力及其帶來的蕩力。乞丐的瘋狂遠遠勝過了舞女。一天，一個國王問三個乞丐：「慾望最少的人得到最多／還是慾望最多的人得到最多？」其中一個乞丐贊同後者。於是國王宣布做一個實驗，他們三個人誰能在第三天正午鐘響之前睡著，他就將得到一千磅。可想而知，三個乞丐頓時爭論起來，攪得對方無法安睡：

他們毆打撕咬一整夜；

他們毆打撕咬直到天亮；

他們毆打撕咬又過了一天

直到又一個夜晚結束，

如果有片刻歇息

他們便蹲下來大罵，

當老癸爾王走來站在

三個人跟前結束這故事時，

他們的身上混合著血和蝨子。

「時間到了，」他大喊道，三個人

用充血的眼睛瞪著他。

「時間到了，」他大喊道，三個人

倒在塵土裡，打起鼾來。

　　金錢這個創傷之物，幻影般的慾望客體，就這樣啟動了主
體內部盲目而可怕的死亡驅力，讓其環繞它，讓其在自身的不可
能性中去遭遇它，在自身的症候中去滿足那永不屬足的快感衝
動。在追逐崇高的物神時，在渴望彼岸之物時，人彷彿有無限的
精力，可以不顧一切，樂此不疲。主體驅力停止的那一刻，即是
主體「真實地」死亡的時刻。人「倒在塵土裡」，愛恨悲歡瞬間
終止。「然而我痛哭──俄狄浦斯的孩子／墮落到無愛的塵土
裡。」正因為無愛，人們才尋找愛，去與愛相遇，就算遭受創
痛也不覺得痛，覺得還不夠痛。正因為人的存在是「向死的存

在」，人的慾望與驅力才顯現得那樣英勇，彷彿它永遠未死，不死，死而不亡。通過在詩裡重複上演與創傷他者的相遇，葉慈揭示出人類自身無法彌補的那條危險、美麗、崇高的裂縫──「慾望那可怕的光輝」。

結語／序曲 ────────────

正如李爾克決心要永遠地做一個開始者，葉慈認為自己一輩子都在為那永不發生的事情做準備。對稍縱即逝的慾望對象的沉思，使得他越來越傾向於濟慈式的烏托邦，在現實面前支離破碎的慾望，在古希臘阿波羅式的永恆藝術中獲得徹底的凝聚與毀滅。無法企及的真實之物幻化為拜佔庭這個「永恆的藝術品」，死亡衝動在烏托邦裡達到極致：「燒掉我的心吧／它厭倦了慾望／繫在一頭垂死的動物上／已認不出他是誰」，希望自己的身體變成「古希臘金匠／錘鍊出來的黃金」（〈駛向拜佔庭〉）。阿多諾曾言，「烏托邦的可能性與徹底毀滅的可能性相匯合」。「錘鍊」的過程既是重新鑄造也是徹底毀滅，雜糅了智慧和情慾，創痛與快感，而金光閃閃的「黃金」在象徵慾望客體的同時，也指涉了凝聚個人歷史瞬間的詩歌藝術。正是通過虛構地呈現傳說中的藝術家的天堂，葉慈才獲得對抗破碎現實的心理力量。作為白日夢的藝術除了逃避現實外，或許還有更深層的內涵。葉慈晚年的一段話總結了他的藝術信仰：

　　藝術家變得越來越獨特，越來越自足，他漸漸地失去了對

這個日益複雜的世界的把握。某一天，像一個前往聖地的朝聖者，他出發去尋找智慧。他將成為最浪漫的角色，他將戴上所有的面具。

浪漫而崇高的面具、頑石、月亮、玫瑰、舞蹈、長髮、蘆葦、風等等，都成為葉慈再現、防禦、超脫現實世界的象徵性手段。藝術家不應試圖去把握這個「日益複雜的世界」，那是哲學家或社會學家的任務，相反，他通過文學行動，棄絕了將人的慾望異化的符號世界，不惜毀滅個人的現實生活，也要試圖在藝術與神話中去逼近原初的真實。烏托邦即是對現實最強烈的批判，最高的智慧並非絕情斷欲，而是在慾望問題上拒絕妥協——如拉岡的倫理學所表明的——義無反顧地追隨那「兩次死亡之間」的幻影之物，以至於認同症狀／蕩力，以近乎精神病人的方式築建起藝術的樂園。在葉慈的聖地，我們彷彿看見了那喀索斯的漂滿花瓣的水中倒影，聽見俄耳浦斯對著豎琴與石頭放聲歌唱：「她的舞姿勝過思想／肉體完美。」

「內在無限性的綻開」：
李立揚的詩

　　當代華裔美國詩人中，李立揚（Li-Young Lee）是較少受到「族裔」與「技術」之雙重困擾的一個，或者說，他並不想直接使用這兩種流行的文化資源進行詩化創造。身分之再現競爭與技術匿名化——兩個似乎矛盾的面向——無疑正對當下世界範圍內的詩歌與非詩歌寫作產生難以言明的影響。在李立揚這裡，身分與技術並未獲得意識層面上的明確表述或問題化，相反，李立揚更關注詩歌的形式張力如何從近乎神聖的虛無中構造一個可見的輪廓，而不是被當下各種相互競爭的語境所主導——這些語境（族裔、技術、文化、政治）將符號的堆集自動處理為一種「過程詩學」，實質上卻取消了任何創作原則。作為一個「跨文化」詩人，李立揚首先面對的是某種切近哲學思辨的東西，某個無法被多個文化領域涵蓋的「居間」的詩意之物。

　　在1996年的一次訪談裡，李立揚指出詩歌寫作過程的內在鑲嵌性，詩歌文本在結構上類似一朵玫瑰，層層相疊，意義剝之不盡。詩人追求的乃是「在內部之內的內部，內部之內部」，對李

立揚來說，「詩歌是一種內在無限性的綻開」。從構詞法來看，「無限性」與「內在」（或「內向」）之間的連字符履行了一個二律背反的功能，將兩個看似相悖的哲學概念連成一體並使之同時歸屬於「綻開」這個頗具海德格風格的語詞。根據西方基督教神學，無限性並非外在於人的精神或知覺，它並不是我們無法想像的數學上的無窮大數列或宇宙的不可窮盡性；相反，無限性已然內在於人的心理結構，只有人作為有限存在才能擁有無限性的觀念，比如基督教中上帝的觀念雖然內在於信仰者，但不被信仰者的肉身所限制，它無限地突破我們所熟知的語詞、符號、認知框架，將我們帶向超越時空的靈性顯現。所以在詩歌創造過程中，恰恰是內心深處的挖掘而非對外在現實的描述造就了有著無限意指的詩歌意象。李立揚在訪談中說：「我甚至寫到這樣一個地步，我不再相信有所謂的外在的生活……詩歌的聲音基本上是一個無限地內向的聲音」。

當然，這並不是取消詩歌對具體現實問題的處理能力，李立揚的很多詩作直接關涉二十世紀流亡作家的普遍命運，即在異國他鄉所遭受的歧視、失語、異化、身分重塑等等與族裔性相關的迫切問題。對此，海外華人學者有眾多評論。比如，周曉靜對李立揚詩歌進行了較為深入的跨文化閱讀，強調了詩人對中西文化與詩學的繼承和在此基礎上的創造，認為「李立揚詩歌中對於美籍華人的形象，有著新的發明，而這深深根植於美籍華人的生活現實」；徐文英分析了李立揚作品中由飲食傳統所承載的文化記憶以及詩人最終對愛默生式超驗主義的渴望；張本之在討論李

立揚的〈禮物〉一詩後指出：「對於亞裔離散來說，記憶就是從他們已被埋葬的文化遺產的倉庫中挖掘出那些事件，使之變得可見，可感」等等。這些評述觸及了李立揚詩作中歸屬於過去－現在－未來這個時間軸上的記憶內容，但是對歷史記憶的挖掘——無論是個體、群體還是種族的——僅僅為作為藝術作品的詩歌提供了粗製原料，關於存在之個體的真理更多地從詩歌的特異形式中生發出來。剝除了對未名之物的渴望的見證式詩歌極有可能淪落為當代文化產業的產品，因為懷舊的主題正好迎合了讀者大眾對一個假想的已經逝去的更好年代的消費口味。從創作者的角度來說——李立揚在訪談中多次強調這一視角——詩意的生發本質上溢出了任何特殊的歷史規定性，這溢出的過程由對歷史事件的「持有」與「超越」所組成。在海德格看來，倒是藝術本身反過來觸發了歷史之歷史性：「每當藝術發生，亦即有一個開端存在之際，就有一種衝力進入歷史之中，歷史才開始或者重又開始」。

以這樣一種將既定歷史進程懸擱的出發點來討論李立揚的詩作，我們發現在他20多年的創作生涯中，李立揚力圖突破主體意識在客觀時間中的局限性，將內在精神以敞開的形式帶入一個超越時空的領域。自第一本詩集《玫瑰》（1986）到近期的《在我眼睛背後》（2008），李立揚詩藝的成熟與他在寫作過程中對歷史、文化記憶的依賴性的減少是同步發生的。他近期的詩作已經不再像早期那樣縈繞於佛洛伊德所謂的「家庭羅曼史」，例如〈禮物〉〈獨自吃飯〉〈幻象與解釋〉〈我要母親唱歌〉等以親情回憶為主線的詩，而是在更有想像力的無意識的寫作基底上

展開言說。他似乎決意不再讓家族史的細節——特別是關於父親的記憶——限制詩歌在多個存在維度上的綻開，雖然他坦承「玫瑰」這個意象以及生命如花綻開的觀念是從父親那兒傳承而來的。早在1991年，李立揚就在一次訪談中坦言：「為了繼續寫作，為了完全地讓我自身最終成形」，不得不超越「這個全知、全能、激烈，充滿愛意且忍耐一切的形象」，否則「就得永遠與這些虛構的全知、全能的特徵相爭執」。

　　我們從精神分析得知，父名作為一個符號化原則，本來就存有想像與虛構的成分；一個成熟的詩人對父名所承載的歷史與文化的規範力不可能不有所警惕。一種內在的詩意生活要求詩人在寫作實踐中突破以父名為代表的總體化原則，正如李立揚迫切地意識到的：「我每天變得越來越沒有父親」；「這些天我在某人已用盡的生活的／舊的光芒中醒來」；「我與記憶無關了。」雖然與家族記憶以及父名（文化身分）的無休止的「爭執」在很大程度上塑造了他最初兩本詩集——《玫瑰》與《在我愛你的這座城市》（1990）——但李立揚在寫作過程中逐漸意識到，單純地憑借他稱之為的「記憶的藝術」很難在創作中走得更遠，所以他在訪談中一再強調詩人要與超越個體和時空的宇宙心靈相通而不是與文化進行同一水平上的對話。「我試著從一個匿名的地帶開始寫作。那個地帶超越了文化，比文化更隱深。比我的父母或電視告訴我所是的那個人更隱深。」這個匿名之所剔除了人的社會和種族身分，也比社會學和遺傳學所能預測的個體的命運更加不確定，然而這種不確定性反過來像一件禮物一樣賦予處於文化

真空地帶的流亡作家更自由的表意方式。「我仍在心中等待／一個名字的到來／不是我父母給的／我的兄弟姐妹也不那樣叫我，／這個名在我出生前／被任何一棵樹所預言。」李立揚以近乎海德格的語調提醒我們，人是一個本真的存在者，而詩人正是將這種跨越族裔身分的本真的多重存在帶入具有迴響的詩行的寫作主體。「有時一個人／顯示他自己無法理解／的神祕。／比如成為一個或多個，／以及兩者的孤獨。」這樣一種無意識的分身術削弱了文化的總體性，在文化的間隙開闢出內在的寫作空間。

　　李立揚的第三本詩集《我的夜晚之書》可視作他創作生涯中的分水嶺，他的詩自此呈現出一個新面貌，對父名的追溯與籲求逐漸淡化，取而代之的是詩歌在意識和無意識層面上的綻開，個體在文化生活中的連續歷史被無限的頓悟的現時瞬間所打斷，詩歌文本具有了與流俗時間相對抗的開端性。李立揚放棄了前面兩本詩集中誇大的描述與敘事成分，而在一種克制、去修辭、甚至極簡主義的風格中展開人與世界的相互鑲嵌的多義書寫。例如短詩〈一顆心〉以這樣的句子開始：「看這些鳥兒。甚至飛翔／也從虛無中／誕生。」詩人在此肯定了「虛無」的創生力量，詩歌作為「虛無中誕生的飛翔」顯然無法被特定的文化生活與歷史境遇所限制，正是前歷史的那種痛徹的虛無催促詩人在詩行間起飛，一位優秀的詩人能夠從虛無中汲取無限想像力而不是被它肆意吞沒。他接著寫道：「最初的天空／在你體內，在／白晝的兩端打開。」天空、白晝以及被親密地稱為「你」的鳥兒被置入相互蘊含、互為表裡的本真的時空關係。「最初的天空」已經不再

是記憶中故鄉的那片天空，它指向一個前人稱的無記憶的時間起源，這個起源在鳥兒（也暗喻詩人自己）體內和白晝兩端的巨大空間中敞開。「翅膀的扇動／永遠是自由，將一顆心／繫於每一個下墜之物。」讀者能明顯感到被抽象之後的「物」（天空、鳥兒、翅膀、心、下墜之物）在一個匿名的地點經由詞語的替代而重新整合，獲得了想像層面上的更為深刻的關聯。

　　李立揚在後期詩歌中致力以虛實相間的寫法來營造這種空間的敞開性，將各種事物放置入空白紙頁這個情感與思想的虛擬場域。如果說日常事物與人一道擁擠在現代都市生活的狹小空間內，那麼詩歌正是釋放人和物並將其重新置入更開闊空間的一種嘗試。於空白處的書寫首先意味著將空白或不在場本身提高到與在場同等的本體論高度，並在此基礎上與在場相貫穿，揭示事物在被詞語構建出的時空領域中的顯現。李立揚在一次採訪中談到空間與沉默的類比關係：「我不認為沉默是聲音的缺失。當我聽見沉默時，詞語中就有一種孕育。有一種孕育著的沉默，這就是我力圖曲折地表達的。就像雕刻家使用岩石──石頭──以便讓我們體驗空間。你知道哥特式教堂吧？你走進去的時候，你體會的正是空間，空間的垂直性，然而他們用石頭做到這一點，否則你無法指認它。它是透明的。藝術揭示了空間，沉默。」這是藝術或詩歌自身包含的雙重性：正是在最大的虛空中，存有最大的在場的完滿。缺失與完滿之間不是對立的非此即彼的關係，它們並不否定對方，而是互為存在的條件。作為意義再生產的文化與傳統，非但不能填補詩人內心深處的裂隙，相反倒是從這個裂隙

而來的，文化再現與世界本身的沉默相互嵌在一起。沉默總是期待著言說，期待著自身被打破，正如空間期待著物在其中的顯現和對自身空白的重疊、穿越。這種作為基底的「空」並非一無所有，而是一種詞語給出的多維度上的可充滿性，即詩行之間的空白落差仍期待著被讀者個性化的理解所充滿。如果取消這個從言說到沉默的落差，那麼詩意本身也就煙消雲散了，只剩下文化的注腳。有時候，李立揚將實與虛的邏輯推到顯現與非顯現的極限：「我童年的所有房間中／上帝是最大的／最空的。」

李立揚後期詩歌的最大特點在於不斷去發現、探索「空」的形狀、性質以及與實在性的交叉。「空」為詩句意義的無限綻開預備了水平視域和垂直深度兩個方向上的意指可能性。詞語進入了肉身，在軀體中不斷延展，與可見的實體纏繞在一起，主體之間的空虛場域被詞語穿透、充滿。例如在〈回聲與陰影〉一詩中，虛擬與實在縱深交錯：

死亡與非死亡。
那之間窗簾飄動，
它們在她身上投下陰影，

鳥兒的陰影，孤單的一群，
翅膀與叫喊構成的軀體
在複雜的統一中旋轉，俯衝。

此處的「窗簾」既在本然意義上指稱將室內與室外區分開的那層帷幕，又在隱喻意上暗示我們生命中掩飾著死亡的那層不可見的面紗。「窗簾」採取了一個居間的位置，對標題中所謂的「陰影與回聲」，對死亡與非死亡構成一道區分，使之具有運動感和可觸摸性，但是在同時，窗簾的「飄動」又威脅著要瓦解這道生與死、存在與虛無的區分。「鳥兒」這個單一意象被拆解後重新納入複雜化的構建過程，一方面被賦予了實實在在的軀體，另一方面進入「虛化」的詩意書寫。快速旋轉並俯衝的鳥兒彷彿逃脫了重力定律，成為陰影（如死亡或非死亡）一樣的漂浮不定之物，它們的「複雜的統一」揭示了鳥群在人的秩序和意義世界中留下的痕跡。詩中的「她」並不佔據一個顯眼的位置，而是隱退入窗簾與鳥兒等事物之中，如一幅風景畫中站在窗邊的有所等待的女主人公。整首詩以黑白為基調，動靜交錯，映襯出巨大的沉默的在場，讀者彷彿聽見了無聲無息的陰影，看見了無色無味的空間的秩序。

從李立揚近期詩集《在我眼睛背後》來看，經過20多年的思考、創作與詩藝的錘鍊，他已經極大地擺脫了早期感傷主義的單聲調而轉向垂直空間與水平時間相交叉的多聲部言說，用非實體的詞語來引出無意識中的無時間性向度：「夢見世界是一本敞開的痕跡之書」。評論者拉特查比（Hila Ratzabi）指出：「這本書的精神的中心依賴於兩個軸：水平軸（處於時間中的身體對時間的體驗）和縱軸（心靈對夢的無界限區域的進入，即無時間性）。在兩軸的交匯處，語言試圖為存在者的不可能的兩重性賦

予一個聲音。李立揚不僅站在未知事物的邊緣窺視；他進入了它，彷彿那是童年故居裡一個熟悉的房間，然而再回來轉述給我們。他打亂了二分法，懸置了開端／終結，過去／未來，男人／女人，身體／精神等等的區分。邊界融化了；語言敞開。這些詩接近了不可表述之物的邊緣。」

自法國象徵派詩人馬拉美以來，將世界寫成一本書是許多詩人的宏大夢想，然而在李立揚這裡，詞語不僅表述或替代了事物，而是更多地與事物在隱喻中相互交錯、鑲嵌，形成一張裡外透明的語言的織物。在寫作的空白場域中，詞語如湖水的漣漪綻開。例如在長詩〈湖泊效應〉中，李立揚虛構了「我」和「她」兩個實質上是一體兩面的對話者：

　　　她說，「湖是一本敞開的書，
　　　白晝如一個讀者穩健的目光。」

　　　我說，「白晝是一本在我們之間打開的書，
　　　湖是我們一起讀的一個句子

　　　一遍遍讀，我們的聲音
　　　是幽靈，麵包，地平線。」

　　　她說，「一首多聲部的歌謠
　　　從許多房間進進出出。」

我說，「心靈如一面湖，

你的聲音是一個泡沫的形象。」

　　詩中反覆出現的「是」和「如」不僅履行了連接本體和喻體
的常規修辭功能，它們更對事物施行了非同一性的轉換，將其納
入了無意識的連接方式。從黑格爾辯證法來看，「是」或「如」
不但沒能命名它所被期待著去命名的，反而揭示了主詞和謂詞間
的永恆裂隙。「是」在抹平事物間差異的同時正好將這個差異彰
顯無遺，於是閱讀的愉悅在很大程度上源於閱讀期待在由肯定詞
造就的否定性裂隙中的持續墜落。此外，我們還看到詩中本體和
喻體的輪番跳躍，首先湖是一本書，白晝是讀者，繼而白晝變成
了書，湖變成了句子，再接著心靈或精神成為湖，而人的說話聲
成為湖上的一個由水沫構成的飄渺形象。這首詩營造了一個夢
境，「我」和「她」不斷交換言說的位置，將自然之物（湖）、
時空（白晝）以及對世界的書寫放置入一個不斷相互影響的類似
湖泊效應的過程。這首詩可以無盡地寫下去，因為意指的擴撒性
影響在理論上講是無限的，我們可以從一個詞「湖」推演出相關
的一系列本體和喻體。

　　類似的意境在這本詩集中隨處可見，在另一首組詩〈一個聲
音的多重生活〉中，我們讀到：

我窗外的鴿子聽上去

像受了傷。

這不是起源的國度。總是

住在被佔領的區域。

在無法企及的天堂之陰影裡，

負擔一個記憶，完美的

果園被看不見的手修整。

也許擁有翅膀意味著

被無限性擊傷，被

自由的磨難所祝福。

短短幾行裡，李立揚勾勒出巨大的時空跨度。此處有一種在文化
與價值之外的對生活的擔當，起源已經不可回返，天堂不可企
及，惟有傷口一般敞開的自由如影相隨。無限的事物是可怕的，
因為它攜帶了創傷性的能量，正如評論者周曉靜所指出，李立揚
的詩歌可以被解讀成與不可知的「他性」的一場遭遇。然而被周
曉靜以及其他評論者所忽視的是，李立揚的詩不僅提出了自我與
他者的諸多倫理問題，例如自我的身分如何被他者所構建等等；
對於詩歌創作來說，我們首先看到的是在李立揚這裡，無限的他
者如何逐步滲入書寫過程本身並深刻地改變了詩歌的時空結構。
重要的不是李立揚在詩中說了什麼並以此作為文化身分研究的參
照，而是在詩人在打通多重意識方面對詩藝本身的琢磨與貢獻。
　　在一次關於詩集《在我眼睛背後》的採訪中，李立揚對洛根
（Liz Logan）說：「我的困境在於，我醒來後感覺到多重人格的

存在。我體內有一個人以某種方式將整個世界體驗為一種詩，我周圍的整個世界充滿了意義和在場，甚至上帝的在場。聯繫隨處可見，一切事物聽起來都是一首詩，一切都是一首詩的開端……我在觀看、傾聽、感受，試著保持冥想。我隨時都在傾聽詩。」對詩的傾聽本質上優先於對詩的言說，這種先於文化記憶與族裔身分敘述的「垂直傾聽」也許正是詩意生發的幽深之源。「一陣風吹過，那本書對著一個夜晚／的聲音打開了，它在問／我們是多個還是一個？」我們在此傾聽的詩歌的詰問之聲既從外面而來──來自我們身處其中的夜晚，又來自我們茫然若失的內在，我們既是「多」（與多元文化主義相差異的垂直的「多」），也是那個「一」（人類之共通）。李立揚試圖通過「多」的形象將讀者帶入「一」的體驗──此「一」可理解為貫穿了作者、讀者、世界意義的意識之原初統一，它正被書寫無盡分解並以不確定的方式重新結合。李立揚與其他華裔美國詩人的最大區別也許在於，他致力於以詩的方式「哲學地思」，而不僅僅滿足於展現某種「哲思」。「哲學地思」要求詩人不將任何一物當成已經給予，它呼喚詩人進入先在之「一」（父名、身分）的巨大的缺失性冒險，驅使他走上從可感之物到概念之物、再到無概念之物的精神旅程。李立揚近20年來的詩似乎遵循著這樣的思路，他以匿名的聲音質詢自己和讀者的身分，而這個與人類意識相關的問題在生活的視域中始終懸而不決，期待著我們作為感知的主體去體驗虛無深處那孕育並分裂著的綻出。

地下性、影子與語言空穴

　　在最近一次交談中，當代漢語詩人路東提到漢語自身的大地性，它總在所見之物的表象中飄移，缺乏一個連貫的形而上體系（當然它並不知道它缺了這個體系），我們於是被迫在「鏡花水月中追趕」，卻注定無法說出實在——漢語中，我們「居於比喻」。路東嘲諷的「人面花」這類比喻或集體意象阻斷了通向人和物的真實屬性的道路，我們於是止步於語言對物之相似性的模擬。長久以來，漢詩就在這些「大地之物」的映象關係中繞圈子，目之所及滿是人事與器物。超越之物，因為誰也說不清那是什麼，就被一次次放在雲霧中。「天」有其效用，但默然不語，天的默示（天命）承受「被翻譯」的命運。

　　一個連貫的形而上的維度的缺失（「大言」之黯啞）卻也讓漢語——路東有時稱之為象形域——在形而下乃至地下領域蝕出意義的暗流。我們在書寫秩序中，可直觀到漢語譜系的幽暗。大地性，在海德格看來（路東可能是被海德格影響得最深的一位漢語詩人）意味著遮蔽和庇護的力量，大地既滋養著勞動的人，也鎖閉存在的意義，即自行拒絕了理解之澄明。在路東這裡，大地

的鎖閉與其說是意義的拒予，不如說是漢語自身的未完成性，漢語因其未完成而成為「大地的」，但路東詩之特質恰好在於，他把漢語的這種與生俱來的未完成之象形帶入了日常此在的開裂。考慮到海德格的「此在」正是往前拋投這一生存行為，路東對漢語史無前例的懸空式「開拋」也可能拋出了它迄今不為人知的一面，讓漢語句子進入語境跨越的動盪狀態。

　　與西方語言相差異，漢語通過物在意識中的不完整映射以獲得一個可感輪廓，漢語因此正是胡塞爾「映射」這一觀念在諸語言中的典範。常被漢語詩人忽視的是，在普遍與特殊之間，漢語總是模稜兩可，可感而具體的事物常被抽象地指代，以名稱進入文本，意義借語境直觀而非依句法相連。這隱蔽的機制保證了傳統詩意的生產，但也造成了文本的局部失焦，讀者無法區分普遍與具體——傳統漢詩中，所有具體之物一並「歸入」象形，例如我們無法斷定「天」到底是哪一個言說者的天，同樣，我們往往無法分清傳統詩中的說話者是個體、集體還是事物本身。物在具象與概念之間來回反射，失去實在性，成為人的情感、意識乃至慾望的影子。路東詩深受中國古學、海德格語言觀、解構詩學的影響，其對詞語與命名（它們的起源、連接、對存在的不同尋常的解蔽方式）的關注，使得他能夠在詩裡尋思出被日常語言、習慣遮蔽的詞語隱義，並以此探尋漢語表意體系中的先在直觀。不僅如此，路東詩還激進化了漢語的普遍與具體的裂隙，在加大（並遊戲）這個裂隙的同時，它也釋放出了不朝向普遍觀念聚集的語言能量。實際上我認為，當然這也許有爭議，而且我可能說

得過快了：路東詩作剝開了漢語最隱秘而脆弱的一面，這就是象形（普遍性）指物時的不穩定意向，在此基礎之上建立的常規意義過程在路東這裡紛紛崩塌了。

不持住於物象，也不表象純粹觀念，為抵達漢語的「先在性」（先於言說者的含義），路東獨一且透徹地挖開被古典反覆援引的大地性，進入不具一般合法性的、未經流通的「地下」言說方式，此即「語言的空穴」：「在眾多場合／我沉默，只與空穴吹出的風／關係親密」；「一天的曙光，從鬼故事裡產生／空穴中的風，開始吹我。」空穴相應於讓事物自由通過、生成的通道，本質上保持為一種敞開，它什麼也不是，接近於虛無，路東更願意稱之為「虛靈」或「虛構的靈」。這是一種語言的靈，從語言空穴中釋放出的往往是漢語書寫史中找不到的句式，這些非經典句式從理論上看，指向了不明來歷的象形力量（例如「空穴之風」）對日常此在的經過。

路東詩中，某物，因其不可了知的幽暗，往往中斷於言說的中途，某物還未說出就已消隱，而那被一再思及並籲請的，「仍未露出端倪」。漢語無法說出它裡面從未「正面地」存在的東西。實際上，路東讓漢語第一次進入自身之幽暗化以突顯浮動的象形：

公交車上
貼著夢的標語，象形的日子
它的微光，正在隱退

有一些事物，仍未露出端倪

也許，幽暗，更具滋養力。（〈簡介〉）

　　路東很多詩都處於類似知覺狀態，語言分散覆蓋著事物的
端倪，有一些事物不可直接說出（「說出」表示我們能把它語法
化、合理化、總體化），但這些事物也沒有完全拒絕被言說，於
是有「微光」而非「亮光」，詞的冥暗庇護著物之生成。在對幽
暗之初的不確定的回返中，詩人回應了清醒意識與睡眠交界處的
「夢的標語」，這短語首先表明現實有夢一般難以穿透的特徵，
一切標語、政治之物乃至烏托邦無疑具有夢的形式，如夢一樣引
誘著卻終究鏡花水月，人因不識或誤識自身而一次次失敗於標語
所宣稱的宏大目的。進一步看，被操縱的集體之夢難道沒有一再
增強當下之人的現實感？現實正需要夢的標語以成其現實，每個
現實的公交車（一個往復穿梭的循環之物）上都貼著大大的夢的
標語。這是一場漢語大夢，夢者樂在其中。夢，如路東所言，在
當下語境中，是否已失去激進維度和否定性，變為現實的一個影
子？或者夢是別的什麼東西的影子？夢，作為死亡之演習，是否
開啟奧秘之物的道路？

　　路東深知，我們無法把握和斷定物的全部屬性，在認識論、
現象學以及海德格哲學那裡，我們遭遇了原初之物、映射之物以
及不可上手之物。「有一些事物」，有物存在就表明有未解釋之
處，何以有物？何以有詞？進入路東詩的讀者可能已發覺，路東
的詞與物都未完全詞化或物化，它們暗示、遊戲、侵蝕、鑽透、

顛覆、腐爛、歸於非物——我們與其遭遇實則是我們與自身性相遇（交鋒、見證）的一部分。在早先的一首詩裡，路東寫道：「我們被遣入了至今仍折疊著的空間／在其中，長高寬的事物，見者必朽。」

　　路東近期詩雖在風格上大言至簡，但與十多年前相比較，仍延續著某種「冥暗時間性」，它構築一個彎折了奠基於大地性的傳統詩學的穹頂，所有進入這個圓頂的詞都被折返。在歷史的一次次穿越中，在西周的大火與當下的冥暗中，詩人不無隱痛地感到「徹底虛度」的危險，他必須「從一堆舊句子裡逃逸出來」，還被「一大群從鐘錶跑出來」的影子追趕——這些影子既是傳統詩學中「比喻在先」的影子，也是依附於已有意義結構的人云亦云的影子，更是毫無驚喜可言的日常之自行複製的可怕陰影。路東近期的〈簡介〉〈所夢〉〈病歷〉等詩，表面上以日常為題，然而這些詩的時間性是相當冥暗的，出於存在本身的驚畏，詩人被預感之物充滿：「死，如遊戲儀式／又類似發明，灰白的牆上／黑色的鐘，臉如花圈／時間，誰受命佔用你／詞語，便佔用他身體。」如果佔用時間者必被詞語佔有其身體，那麼歷史中的人注定一再去言說，被迫去言說，那一直佔有他身分的東西。如此言說在漢語中接近最深的詩，切入不可知之物。

　　在2017年普林斯頓大學舉辦的「中美詩學」研討會上，當我讀完路東〈物之名〉一詩後，有美方學者指出這是一首「反詩」（anti-poem）：

你從沒有任意說出物之名

它們正相安於自身

⋯⋯

你必開口時，能應答之物

從它的名字中拔根而起。

一位中國學者則驚呼，路東寫的根本不是「漢語」！這兩種看法
都是可理解的，他們恰好說出了路東所不是的那個面。的確，路
東的「反命名」或拒絕命名的立場，使他很容易被當做一個語言
懷疑主義者以至於走到所有詩學（包括語言詩派）的對立面去，
而他對漢語之命名方式的介入與動搖，也使得一般漢語讀者認為
這既不是漢語也不是「詩」，當然，肯定不是他們認識的那種類
型。然而研討會上也有敏銳的美國學者看出路東詩如何與傳統
的比喻相爭執，如何戲仿了先在文本（傳統詩）中的本體與喻體
的固定關係，讓我們重新審視漢語的非表象邏輯和詞語對物性的
剝離。

　　對我來說，路東是第一個將漢語帶離幼稚化表象的詩人，這
也許是漢語自身性中發生的一次「事件」，當然，我們是在巴迪
歐的意義上來理解它：事件開啟真理。

▍詩的來世

　　路東是這樣一種詩人，一旦你進入其詩句之間的離合地帶，很長一段時間內，你都難以適應別的更穩定、具體、可直接認領的言說。於是讀者便感染或居有了路東式的「飄忽」不定與「鬼火」般的意念，以及不期而至的「風聲」和突然的「寂靜」。這些與寫作有關的狀態並不是每個讀者都能進入的，但凡能進入並停留者，一定體驗到漢語這門古老語言的奇異性，路東的「寂靜」中，往往有驚飛之影和閃耀之物的深度沉潛。路東的詩，有很深的雙關和拆字功夫，從字詞切入，旋轉於解構的多重性，在他的詩裡，象徵、比喻、寓言等修辭都遭到了激烈質疑，被置入詭異的自反中，攪亂了本體、喻體、相似性的運行。我在別處說過，路東也許是第一個將漢語帶離幼稚化表象的詩人：「詞語被耽擱了，物更容易朽壞」，路東之後的詩不能再耽擱詞語，漠視詞對物的模擬和創造。如果說很多人寫詩是為了受到關注以及如何被當下讀取，那麼他們的詩也僅只有當下的生命，而路東的詩在文化史幽暗處綿延著，進入了在「我」之先、與「我」朝向可能生活互動的事物，雖然這些事物貌似某些剪影。被籲請者並不

在場，路東的很多詩寫到了佛學唯識論的七識（末那識）和八識（阿賴耶識）之間，有「未發動」之物，如入一種深度睡眠。

在路東這裡，也許可以談論一種詩的「來世」。詩如何擁有一個「來世」，當它的「今生」也即當下的接受已很堪憂？人們紛紛湧向那些可直接領受、直接消化的詩。詩如何能活過被閱讀意識不斷確認的「現世」，飄向未知的將來？讀路東詩的時候，例如在〈數與圖〉裡，我看到了「五官已塌陷長滿了老人斑的歷史，它是時間史中最晦澀的成員，當歷史露出一張老巫師的臉，四柱、五行、六爻的臉，或聖經某個章節中突然顯露的臉，許多人一定會受到驚嚇」。我讀這句話時確實心驚，《出埃及記》裡神對摩西說：「你不能看見我的面，因為人見我的面不能存活」，《啟示錄》的末世預言裡也提到神的臉：「他的僕人都要侍奉他，也要見他的面」。路東似乎偶然提及的聖經章節裡顯露的臉，在宗教史上對應著世界文明（或至少，以色列人的命運）發生重大轉變的時刻，它指向了與神的創傷遭遇，或失落於此相遇：「塵埃落定之前／紙馬在先／打聽一個神／去只字未提的地方」。這些神性蹤跡使得路東詩的氣息接近靈知學而不再是無神論或虛無主義，雖然路東並不需要「上升」到這些穩定層面，對神的「打聽」已經暗示詩人對神性事物的先行接收與默會，該事物滲透書寫的邊界，使路東詩作內卷為交疊的文本之圓。

讓我們回到〈數與圖〉，在呈現了歷史的容貌後，詩人進一步追問時間：「時間幽深，仍必有它尚未顯露的臉。」歷史，作為時間及物的遺存之面，也只是我們想「看到」的那一面，

它還有想「聽說」的那一面，這些都藏在被壓縮式閱讀的歷史文本裡，例如〈古銅鏡〉一詩，力圖揭示漢語幾千年歷史內發生的事件如何構成了一部「影子史」。「這些影子，藏之於銅鏡，許多天子死了／影子不死，作為祕密檔案，涉及內幕。」在〈比喻〉一詩裡，路東說：「一次暗藏權力的轉喻。」在一部影子史裡，慾望與權力的鬥爭是相當私密的，其動機也很晦暗，可怕的是這權力的隱私／祕密機制通過語言和書寫一直延續到當下，被中性化的時間反覆掩埋。時間之於人的成長具體何為？它首先像神一樣允許著、觀看著歷史中的一切，自身處在不可見中，它「尚未顯露」，或者，時間至少有一張臉是不能顯露的，我們仍被「時間」一詞的用法左右著。路東作品中出現了大量時間性沉思，例如在〈詞與物〉裡，他為時間正名：「時間剝削了我們？時間不真不假／它只是它自己的傳說」，時間似乎是一個意圖含糊的遊戲者，「被時間包圍的人，每天都在兜圈子」。我在此無法詳論路東詩涉及的時間樣式，只能指出，這處於第三方的「時間性觀看」架構了他對文化、現實、語言、形而上學的反思與批判，但同時似乎也架空了對特異情形下的人之問題的庸常思考──此非比尋常的「觀看」將過往與當下聚集在一起，甚至也指涉將來者，詩人試圖看透整個文明史的雲煙（包括他自己的前世今生）。我從路東那裡得到的一個訊息是，如果我們忘了我們曾經所是／所為／所想（遺忘如何被體制化），如果我們忘了或無能於喚醒個人誕生之前的久遠存在（它未必確鑿，但總有跡可循），那麼，我們將很難走出佔主導地位的文化不斷繁衍的暈

圈，將很難在過於漫長的文化史裡辨認「當下」這張被無數幽靈光照、塗抹的群體之臉。

　　路東的詩，更準確地說，歸在「路東」這個名之下的詩，不再是對文明史或「時代的風氣」的認領，甚至都不再是對「我」之為主體的認領，而是力圖穿透這些可疑的東西。路東站在過剩的舊事物旁邊（它們堵截著陌異者的到場），警惕西學名義下的全盤打掃和儒學名義下的借屍還魂，同時也避免將文化批判本身淪落為文化工業的一部分。路東詩作的很大一部分精力灌注在這「不斷警醒」的姿勢中，詩人的意識盤旋在現實、在世的問題上，然其匪夷之思仍力圖破開既定文化的惡性循環，走向「它在」——這正是路東詩集向我說話時語氣最低沉的地方：一種並非直接是「詩意」的東西，而是這些由漢字寫就的詩句在「它在」影響之下的多重語義生長，某種根基開裂處的湧現。「在時間中遊戲，一個人打扮成漢語傳統中的失憶者」，路東在〈數與圖〉中接著寫，然而，這「失憶」本身是自覺的打扮，它其實是另一類記憶之被重新喚起，它濾除了灌輸式記憶、意識形態記憶，為了將生命帶向創造的朝霞，主動的失憶是必要的，類似於尼采所言的「健康的遺忘」。讀路東詩，我聽到了某種查拉圖斯特拉語調，一個偶像破壞者的聲音，查拉圖斯特拉並非「超人」，而只是超人的教師，而路東也僅是「來臨者」的教師，其詩作為後者留出了空位。換言之，路東詩作正是這種空位在語言中的自行開闢。「一個人在霧霾重起時，提前避開了傳統中的舊事物，一個人帶一本地下出版物，隱入路旁某個不明之地。」隱

入舊事物旁邊的不明之地，與其說是新舊文化交替中的權宜之計，不如說是對舊事物緣起處的一種「返還」，所謂舊事物並沒有真正遠離我們，「它們就近在身旁」。「舊事物」在存在史上放射性週期遠遠超過任何人的生命週期，實際上，它很可能活過我們所有人。迫於舊事物之幽靈的跨時空造訪，路東在〈書寫即生命之綻出〉一文裡坦承：「我們欲與命運中最根本的力量緊密契合，這顯然不是靠寄生於各種經典就能從容做到的。」

如此看，路東與傳統／文化的爭執將其作品定位在上世紀九十年代，他關於河流和土地的很多詩作，也回應了當時頗具爭議的關於兩河流域文明的討論。路東的詩集晚來了30年，它仍是那次文化大討論的餘波，仍在思考如何破開「有限的思想和行動的圈子」，但路東更深入漢語的顯象機理，以及語言對文明的暗中操持（隱喻＝隱私之喻）。他對一切制度和個人命運的反覆詰問，穿越歷史中那些正在被人們遺忘的泥沙，如一個晚來的信使抵達當下，請求我們重新打開那些未曾被回答而只被社會化進程覆蓋的問題：文化的衰退與更新、政治的超穩態、漢語人與西方思想的相遇、土地與人之間神祕的血肉般聯繫。路東關注的這些問題在年輕一代看來也許不那麼迫切了，因為他們直接生長在開放環境中，難以體會文化本身的飢渴、隱痛乃至一些未完成的哀悼，年輕讀者們大多過著輕鬆而幾近無思般的生活，難以有與當下生活密切相關的民族性的提問。路東和我都不得不接受的一個事實是（雖然路東對漢語傳統的浸淫遠勝於我），中國知識分子不再扮演任何重要的社會角色了，我們已失「天命」，我們的

生活與「天」不再直接相連。「天」這個字,如何被翻譯而不魯莽地獲得一種西方形而上學和神學的意義?此處我想起策蘭對 Himmel 這個德語詞的所有反諷用法。我們該慶祝與「天」脫離?終於可以不在天子、天意、天命底下寫作了!果真如此?我看到很多知識分子的寫作早已蛻變為技術人員的寫作,也即路東追問的那些「雇傭/工具式寫作者」,按銷量和規格生產文本,也是新時代知識人自我持存的方式。然而也還有一些似冥頑不化、默會天意者,將對文明的渴望內化為一種自我修持,變成某種面相的查拉圖斯特拉,在現實的高空離群索居,若有若無,寫下只在內心深淵迴蕩的東西:「紙人站在高處/漢語早期的冷/鋒利得像一種命/每天都刻骨。」路東進入了概念直觀狀態,他直觀到的「天」本身,如荒冢裡字跡模糊的半隱匿的石頭,處於生命原初的內時間意識中,其「冷」,也近乎一種非人的感知了。

路東詩裡「非顯現」或「非現象」的時刻尤其引人注意,正如遠古石跡並不向遊人開放出一個可即世界,而是攜陌異氣息進入在場,充盈觀者的感知域,其顯現之時空遠不可窮盡於有限之當下。路東詩的這種非現象或前現象性,接近海德格在《物的追問》裡談論康德時稱之為的「介於物和人中間的一個維度」。在〈看圖識字〉一詩中,路東沉思了這一維度(我不斷被吸引向他的散文詩):「魚與水之間,鳥與天空之間,因與果之間,句子與句子之間,在一切顯現與未顯現者之間,有某物存在,它早已邀約著我們,又絕不直接裸身在塵埃裡。」這一並不直接裸

露的居間之物，恰如《易經》六爻所喚出的諸事物的隱微關係，乃是由詩性直觀從先驗領域內喚出的，此物既邀約了想像力的再造，也驗證了知性對「物」的構成。為應答此邀約，詩人必然剝離知識的沉澱物、文化的衍生物，躍入「前現象」的暈圈。當然，我還不想說，路東就此寫入了先驗領域，事實上，路東的充滿異常動能的詩句（「向水面旋動」的意念）不可被化約為康德論題。在路東這裡，「字與詞」不僅帶出被現象包裹的某個存在者，它們更為源初地模印了漢民族的知識型，銘寫出一張原始之「臉」。這張臉可以轉動，但並不隨時間變化：「從肉身與穀物，夢見蝴蝶或面朝大海，人乎其人的爭執中，字與詞，回轉到它們自身的隱秘之前，已飛過了公眾的尺度，國家與意義的門檻上，也有它銘刻的印記。」此處聚集了古典與當下的諸多指涉，有許多「一筆帶過」的事情，然而概略地看，對字詞的想像性闡釋或「附會」往往能在漢文化裡虛擬出一套倫理政治秩序，並把它經典化，形成相對於別的文化的可辨識的一張臉。「字與詞」似獨立於朝代更迭，「已飛過了公眾的尺度」，但又纏繞入延續千年的書生意氣的「人乎其人的爭執」。路東很多詩句指向了漢文明表象體系如何奠基於詞與物的應合關係，而且此應合，路東認為，仍可能「尚未綻開」。某個剛打開的東西在時間中又過快地閉合了：漢語從「它處」而來的光芒，漢語朝向「替代者」／「來臨者」的契機以及在孔子、老子、莊子那裡的語焉不詳之物（對制度之「圓」的討論）等等。路東在散文詩〈圓與數〉裡遊戲了「方圓」這類幾何比喻，表明它們如何構成「神農氏的後

裔」的原初視域，這些「方圓」乃是自行複製、伸縮且難以逃脫的認識之圓，「這個圓昏昏沉沉，當代的圓，仍昏昏沉沉」，「一代又一代人，鐘錶一樣兜圈子」，於是路東不得不請求「拒絕循環的無理數」以克服法則的向心力。

　　路東詩的特異處之一，在於他對歷史之連續體的刻骨觀看，在人們強調生活史斷裂的地方，他看到了被遮蔽著的連續，不僅是看破了這連續的實事，而且在某種風險式的回返中進行重寫。路東重寫之意願並非出自歷史學意義上的還原，而是為了一種對當下生活罕有的給予。詩人給出這些循環的事實，乃是為讓讀者看清文化複製的詭異動因，其詩如一面面鏡子，玄鑒著無法真相大白之物。我認為路東罕見地切入了漢文化裡最惻隱的部分，也即事前就消解了「此在」之本己性、令之消失無蹤的那股力量，這股綿延的暗力將個人「聚集成面」，甚至聚成「大面積泛濫的水」，「這個圓習慣性下雨，一個朝代落向另一個朝代」。如果泛濫之河對構成自身的眾水滴是無知的（僅僅聚集它們），那麼歷史對自身的推動也同樣難以透視，儘管有神話與考古之發掘，漢文明之源始終保持在晦暗中，它很可能是一次河水泛濫的結果。

　　路東書寫的「河流」總處於暗自激盪，總是衝擊、倒灌著既定的歷史規定性，在向著源頭返還的同時，也衝開了起源或開端的晦暗，這是一種歷史連續體內部的雙向流動。詩人對準漢文明這條河的底部發出探測聲波，例如在組詩〈農業〉裡，河流滋養了一個民族，自身的暗流卻從不可知：「農業史的大河／白紙黑

字，水聲迴響／每次暗流從河底湧動／一些渾濁的浪花／就會激盪著舉出水面／沒人能天才預知它／出自哪一處裂隙。」這顯然是一條集農業與文化史一體的比喻之河，不僅表明漢語人自古以來生存基底之晦暗，〈農業〉組詩還典型地追問了身體與精神的飢餓，詩人稱之為「糧食的意義」。的確，作為一個農業國，我們似乎從沒有因土地而富足過：幾千年了，人們仍操持一些「基本問題」。這樣說也許缺乏歷史依據，但路東的詩讓我思考的恰是農業難以言明的真相：它如何是一張「白皮書」，「勞動的真相，從沒有大白」：「從白開始，白手起家／我們勞作，開荒種地／為了不再一窮二白／白日夢的白令人不安／我在白的對立面看白皮書／不明白白皮書的白」。作為持續發生著的人對土地的寄予（李爾克會說：「唯獨大地贈予」），農業實際上暗中操持並規劃了人們的所思所想，深入語言和人的慾望，以至今日，土地對中國／東亞文化的決定性影響仍屬於神祕範疇。然而路東是以詩的方式來提這些問題的，帶著明顯的文本自反姿態，「白日夢」的夢遊性與勞動意義之不明聯繫在一起，而「白的對立面」雖是一個稍微費解的措辭（它至少不是「黑」），卻也道出了詩人觀看農業史之貧瘠的那個批判性位置，一個「非白」的場所。這些特徵都使路東的追問不同於九十年代的尋根文學，也差異於荷爾德林的「充滿勞績的棲居」，因為如此棲居，無論在漢語詩還是農業，也都接近虛構，而路東則獨一地虛擬了漢文化中土地和河流的可書寫性。

　　在我讀到的有限的漢語詩人裡，路東乃是在詩句裡耕作最

深的一位，他放棄了現實裡不明不白的勞作，翻耕出少有的深度句型：「我有一片《詩經》年代遺留的土地／靠地下河保持它的濕度／總有意外之物正破土生發。」讀路東時的「意外」總伴隨著與漢語從低處甚至絕處而來的相遇，再一次地，某「物」被翻耕出來。然而，我怎麼知道這是某未認之「物」，而不是某個事件、觀念或詞語？路東在詩裡先行給予了某個東西，又使它處於回撤，其物性並沒有被確立為一個現成存在者，它只在意識裡留下痕跡，於是「物」與事件、觀念、詞語的界限變得模糊。路東所言的「地下性」也許命名了這股暗流，它近似於物，烘托出物，復歸於沉睡：「它饋贈在先／一如我們的名，從不透明／某種與物相似的東西不真不假／從未遠離我們的日子。」名稱不僅是一個描述或符號，它與所指物的關係已溢出我們的意向性，每一個名稱都是神祕的，命運式的，潛伏於事物內部，分享著物性。路東詩集的標題《睡眠花》以及〈火蓮花〉〈多邊形的房子〉〈鏡與花〉〈一滴水正在往下落〉等詩，都指向了名稱隱退後的非現象或神祕現象的湧現，其現象性／物性不可直接以感官把握，它們的「光輝」，或路東在〈鏡與花〉裡所言的「充滿鏡子」的「虛靈柔和的白」，乃是神祕者對意識的充盈。與一般可感物相區別的未被限定之物，在路東詩裡被建立起來，這些光芒、水、火、花瓣一方面接近了佛學的真如時刻（圓成實性），另一方面也召喚出處於誕生狀態的物，它不再對象式站立在人的面前，而是內立於冥想意識。這些從「情形」過渡至「內勢」的詩，雖在表面上濾除了時間因素，但也將無時間性或恆久性放置

在時間的河流裡，或更準確地說，接通向時間之流的河底：「一滴水往下落時／我正從一道裂隙往下沉／下面是一片空寂。」但空寂之中仍有轉識發生著，世界不復為可即的表象，它分解為時空中的微塵，而這滴水如一粒種子，將從詩人手掌裡誕生出一條來世的河流：「一旦我進入空寂之中／一滴水就會落入我手掌／從掌紋中產生河流／它一定會流向下一輩子／浪花如花，一片虛靈。」一首詩，恰如一朵被手掌書寫／重寫的浪花，向未來之人波盪而去，任何一個領受這神祕的無源之水的讀者，都在某種程度上轉化為「虛靈」的一部分。在內斂、柔軟的字詞呼吸裡，在虛空之皺摺裡，詩的生命存焉。

為消解對於日常生活之「基礎」的迷戀，路東從字與詞中去打聽歷史／河流之底部的裂隙，觸摸生命史之激盪中保持不變的那部分。在散文詩〈手稿〉裡，路東設想了一場河災之後的生活：「這些天，那條倒灌的河流漸漸乾涸了，行走的船隻已到了它擱淺之地。從這條船上下來的人，大部分又折回了第五頁，擦乾了滿臉浪花，又為衣食兒女重新奔走。」相似於聖經裡的諾亞方舟，這些擱淺的船隻載著倖存者重回大地，然而，這些倖存者卻處於詭異而重複的時間——創世之後的再創世，只是輪迴般的複製還原，人類的「來世」，只是一種不斷返回契約、不斷重寫的生活。「又為衣食兒女重新奔走」，意味著生活的內容並不為事件改變，受無明支配的人既變成了歷史中的浪花，也哭乾了本就不多的眼淚。如果說諾亞方舟的拯救被寫入了早期人類的集體無意識，那麼，路東同樣地把某種刻骨的遺忘寫入了漢語人的無

意識，也即「人民」這個種類的整體無歷史性，他們也許能「製造」歷史，但自身很容易墜入種姓的遺忘。我不確定這是否為東亞性的一個特徵，即它的歷史之構成可以不斷被覆蓋、塗抹、重寫，歷史之因果以「占卜學」解釋。

然而，路東為自己預留了一個河流之外的位置以觀看這文明：「我在時間的岸上[這是用最初的泥土做成的岸]」，此處「時間的岸」暗含一個頗可玩味的歧義：1）「我」站在時間之流的岸邊，不參與流逝，哪怕這時間之岸是泥土所制，具明顯的大地性，2）「我」借由時間性直觀，脫離了因果流轉或被反覆書寫的命運，時間乃是「我」自立於世界之岸。從前後文看，路東保留了這兩種讀法，於是讓「時間的岸」架構出歷史與並非流逝的先行存有的相互關係。然而，詩正是虛構的船隻／容器，當詩人肉身消失後，它還能漂在時間的大海上，作為一個密閉著的信號發送向未來，而後世對前人的閱讀也正試圖剝開這一信號內含的曾經波瀾湧動的事件。這就是為什麼越密閉的詩，生命力可能越強，越能種子般催生思想，它自身給予越多，就越不可耗盡。換言之，好的詩具有佛學中的異熟功能，能催生與自己不相似、不一致的作品。路東詩的自身差異性，湧現為類似潛文本的「含義自行繁殖的動盪的大海」，這種語意在不確定狀態中自行分岔，同時又向著它自身的閉合，這使得詩句在閱讀意識的神經末梢端攀延，最後隱入句群之間的靈暈中。讀者應該自己去讀路東詩集，然後才能體會這種語義如河流般分岔、流歸大海之淵的閱讀樂趣。

為更加切近路東詩的河流與來世，我想引一首關於歷史連續性的詩：〈這條河〉。「這條河的水，已流入我的夢／成群的手臂沉入水中，又重新舉起／划呀划呀，游在前面的一群人／像孔子弟子，他們嘴唇中吐出的詞／變成浪花，一瞬間，風高浪大。」這條河乃是一條由經典規訓之河，由聖人的弟子們吟誦操持著，儒家現身為漢語思想之河裡一條眾人擁簇的船，「游在前面」，引領朝代。這些不斷沉入水中的「成群的手臂」，以駭人的機械之力划船，如策蘭〈去島上〉一詩裡的「划船」：「去島上，靠近死人／娶了森林來的一隻獨木舟／手臂環繞天空的禿鷹／靈魂套著土星之環。」在策蘭詩裡，不獨活人在划，死人和泳者也前來環繞，「他們划，他們划，他們划」，因為「大海明天就要蒸發」，而那島貌似唯一的避難所。路東這裡雖沒有避難所（因為他溶解了性質固定的東西），但同策蘭一樣，他也進入驅動人類的無差別之物：在此物之中，生者與死者、幽靈與肉身、個人與群體、「我」與他者紛紛喪失身分。路東有時把這稱之為「古老魔法」，當然這也是統治術的一部分。接著，詩人回溯這條河撲朔迷離的上游：「再往前，據說是周朝了，旋渦很多／一片黑，有人喊了句易經中的話／這條河鼓動了一下，又出現許多句子／成群的手臂沉入水中，又重新舉起。」

　　周朝，作為儒家倫理與政治的原型，也如烏托邦一樣充滿幻象與誤識。路東在不少詩中造訪了商周更替那段幽暗歷史，試圖傾心觀入早期漢文明如何奠基於六爻這樣的占卜體系對自然的闡釋，以及出於政治考慮的曲折附會。無論「據說」還是「喊話」

都說出了歷史本身的虛擬特徵。這條歷史／經典之河，經過一些不露隱私的「轉身」，很快「流過漢唐明清，帶出史記中／從未見過的泥沙，便直接流進了當代」。我懷疑在路東這裡並不存在穩定意義上的「當代」，在他看來，「當代」是生成著的不可完成的當代，它與歷史記憶和可能生活的界線是模糊的。計算性的工具性時間正在表達習常言說中的當代，但所謂「當代」不可能在時間中獲取真正獨立的位置，某種類似地下河湧出的未被辨識的東西，始終讓我們浸潤於時間的連續體。如果說文化史看似有過斷裂（古文／白話，舊寫作／新寫作，體用之辯），那是因為我們無能於進入歷史連續體，更無能於從內部攪動它。

　　路東的詩最具持久力之處，在於他不僅領悟了漢語傳統運行幾千年的祕密機制，而且能以創造者的態度重新干預這個機制，重啟歷史變遷下「我」之身分的討論。這種貫通了傳統之後「裸身而出」的姿勢實為少見，當下漢語詩人要麼失敗於舊事物，即無法認領其實一直屬於他自身的東西，要麼沉溺於漢唐明清的故紙堆，爭做一個「門生滿庭的學問家」。路東在〈詞與物〉的後記裡呼籲的「領悟性閱讀」來之不易，這不僅要求對詩、文化、歷史之「各正性命」的重思，更要求思想對「我」之虛擬身分的剝離，返至「代詞性的敞開」，以至於「從虛構開始，向每一天傾覆」。關於路東的「虛構」一詞，我一直在考慮合適的翻譯，它一定不是fiction（虛構小說），接近metapherein（轉移、轉喻），但也許李爾克在〈俄爾甫斯十四行〉組詩裡不斷提及的Figuren（圖像、形象）一詞更意外地合適。李爾克說，「然而此

刻讓我們相信／形象。這足夠了。」李爾克舉的例子是射手座，它由人和馬兩個分離的意象構成，兩部分慾望各異，並非真正一體，但我們已經暗中領受這比喻了「我們存在之強健本性」的圖像，於是將駕馭者與承載者合為一體。儘管如此，李爾克認為「星辰的聯繫會欺騙我們」，在另一處，他還說，「我們確實活在形象中」。路東詩的「虛構」如一個不斷轉動的聯想性軸承，連接著他詩裡的各類意象，這虛構本身屬於非實有、非摹仿，且充滿風險，它貫徹從個人身分到民族敘事各個層面的追問，無所不在又不持住於任何一物。離開了這敞開向先在給予性的虛構，我覺得，路東的詩真的很難把握了，因為比喻賴以建立的經驗相似性在他詩裡都崩塌了。

　　路東在建立文本自反性的同時，似乎也「籌劃性地」增加了其詩的可闡釋性，也即詩的「可能性」，當然，這並不構成對其詩作的某種「批評」，只是一種個人的讀法。路東一直在創作旋渦般的詩文，他的「自我批評」被重複寫入詩文裡，成為一個未限狀態的交疊的場域，也就是他的詩把所欲求的「它在」鎖入詩中。我們可以在積極意義上來理解這樣一種自我設限：它為來臨者開闢場所，但同時又使文本的邊界變得約略可見（換言之，路東是自我設限的大師）。另一方面，相較於人們有時對斯賓諾莎哲學的某種看法，即他寫出了只能是上帝本人才能寫出的《倫理學》，我也看到路東如何「僭越」了某個神聖位置，致使他的某些詩句「看上去」（如斯賓諾莎哲學）不再像是人手所為。也就是說，在路東之為一個有限存在者／寫作者和之為整個文明

史的直觀者／靈視者之間，出現了某些費解的裂隙或雙重化。我
想，這也是其詩作最有魅力的一個原因，好詩必有費解乃至無解
之處。

深度無聊與失落的救治

　　什麼是比流體化、去中心化更詭異的後現代性？一種棄而不絕的純粹身體之痛，真肢同假肢的通感，「我們假想中的肢體／每逢中秋，像真的一樣／疼痛」，還是一種人類與機器共享的運行不良，「我們倖存了，我們在蔓延／濫交／在沒有邊界的邊界上／可我們都運行不良」？此刻的「我們」，這個詞既然如幽靈浮現，是否已變成某種渾然不知其自身解體的存在者，或僅僅是一個履行語法功能的詞？是誰在言說這後現代烏托邦式的「我們」，如果「小敘事」中的你我，如孫冬所言，「並不相干」？如果說後現代的符號流吞沒了以神話、政治、風俗所維持的我們之共同關係，那麼這關係的碎片如何以一種詩意的尖銳，阻擋向著前批判時代共同體的返祖思潮？儘管這樣的阻擋，在孫冬這裡，因其消極性（散漫、無戰鬥性、無政治熱情），已經接近一種海德格稱之為的「深度無聊」，出於本質性窘迫的缺席，人本身變成了無聊的東西。然而後現代語境下的「無聊」在此基礎上又加入碎片化時間的拖長，我們發現自己身處精神碎片的巨大而緩慢轉動中，終止碎片化的要求也都被碎片化。我們唯一深知的

是，在失落與喪失中，不需要任何救治——它多半是虛假的。後現代中的我們還知道，厭倦不再能殺死任何人了。

在2011年孫冬和我合寫的詩集《殘酷的烏鴉》中，我們有些天真地以為當代詩的主要問題在於它的怡情與移情傾向，它的自慰性質，它對生命之殘酷的避諱和對權力話語的順從。當時我們對詩的要求是，它要能激活一個「症狀化、異質化、精神化的自我」並「從內部喚醒殘酷，把殘酷從無意識中帶出來，讓我們驚訝於殘酷的不確定性和它孕育的潛能」。我們以為在撕開表象之後，詩能還原某種真實——於是有「枯黑的弄堂」，「太陽，睜一雙盲眼，奔向晦暗的陰天」，「眾生只是陰鬱而流動的生鐵」，「強大其實只是一個／硬化症症狀」，「有誰聽到腔鏡爆裂和耳語和燃燒和恐懼的聲音／在世界的波段之外」，「把面從臉上撕下來／你就坐到了雲端／把他者的面也撕下來／你坐到更高的雲端」，「我一定從那裡的大火裡走來／我的呼吸如它冷酷／我的親屬如它冷酷」，「讓大火燒盡紛飛的落葉／讓我們的日子沉到地底下」等等災難加劇的時刻。實際上我們寄希望於這樣的危急寫作（而不僅僅是某種風格化的反諷）能迫使人們看清壓迫他們的東西：某種無所不在的恐怖和不可逃脫的災難。對現實抱有幻想的人在讀了《殘酷的烏鴉》之後，會發現自己並非身處一個可棲居的世界，如孫冬一首詩的標題，這是一個「悲慘界」，而我們的首要任務是揭示它的悲慘之為悲慘，疼痛的日常乃至庸常化，精神的屍身化等等，然後我們才能談論某種改變或到來中的東西。當時我們認為，理想之物多半是災難之物。

這種「以讀者為敵」的負能量姿態，毫不意外地使得這本詩集只有很少的讀者。在一個從壓抑型向享樂型突變（在壓抑中享樂）的社會，沒人願意接受這樣的指控——你享有的物質安慰是虛假的，你的精神已屍體化。在一個人類隨時可能集體毀滅的年代，任何享樂類似一種哀悼，只是慶祝末日被推遲。每個人都是可疑的，「許多人死在了／不屬於自己的路上」，集體更可疑，「他們吃錯了什麼旗幟／那麼整齊劃一」。正是在對人之現存形態的殘酷拒絕中，這本詩集也拒絕了它的讀者。「舒適到厭倦」的人不再需要詩或別的刺激。如果「撥亂反正的一切力量都／還沒有上場」，那我們大可不必從沙發上跳起來去革命，問題是再沒什麼能將「厭倦」撥亂反正，這股帶著反諷的革命力量在目前看來是不會上場的。

　　如今再看《殘酷的烏鴉》，它毫不殘酷了，眼下發生的現實之殘酷遠勝於當時的想像：世界範圍內的戰火並沒有終止意識形態衝突，災難中流離失所的人在不知去往何方的奔逃之路上，而造成世界這個樣子的前因後果也未得到足夠討論。壓抑與享樂的二重唱，自由與奴役的雙人舞，更醒目地佔據了現實的舞台。詩人何為？無人指望詩人提供「現實指南」，也無人相信詩有政治潛能，但詩的存在至少表明欠缺之物一直在侵襲人，於是既有「深度無聊」之中一再忍受並書寫的可能，也有將此無聊加速向失控的可能，既有更經驗地搏鬥於現實之碎片的可能，也有從理論面向清理此碎片化的可能。《殘酷的烏鴉》之後，我認為，孫冬延續了前面一條創作之路，而我轉向了後者。

孫冬在《破烏鴉》（2017）序言〈另類、先鋒、實驗、當代性和後現代〉中言及，「有少數人開始嘗試在詩歌語言和形式上做出後現代取向」，孫冬自己就屬於這少數人，某種程度上，對孫冬近作的回應也就是對所謂的中國後現代狀況的回應——一個「萬物發痛」的「疼痛紀」。詩集標題中破壞／破損傾向表明它帶來的仍是一種殘酷命運，一幅任其頹敗的景象，詩人直接把「破」扔給讀者，這「破」連接不祥的「烏鴉」，報出無可輓救的頹敗世界的消息。讓世界破敗，放棄改造它的決心，對世界之破敗做出破敗式書寫——這似乎是唯一合乎破敗邏輯的反應。這世界不破敗到一個極致恐怕是不會有改觀的，無論如何，我們看不到世界破敗之先的原貌，它的破損狀態也不是一個直接可見的對象，這「破」浸透在當下之人的世內關係中。眨眼睛的幸福表象背後往往暴露出冷漠、無知、腐朽（尼采的「末人」：「我們發明了幸福」）。實際上，《破烏鴉》的理論起點，我認為與《殘酷的烏鴉》是一致的，如其序言所述，都是「對自我、現實和客觀等本質概念的質疑」，但《破烏鴉》更深地涉入雜語、反諷與無聊化，更黑暗地揭示享樂與救治的雙重失敗。

　　雖然詩集中有的地方勸人們「談論／政治道德詩歌愛情性之前／先去療傷」，但詩人身受加劇之疼痛，實際上並無意於療傷。孫冬詩的特別之處在於她更像一個具有各種症狀的病人，而不是一個手持手術刀的醫生，她展示一種表面完好卻內在已崩潰的詭異狀態，精神思考著潰敗之物，身體卻「語焉不詳」，「碎碎，淺淺和輕輕的都在／一切安好」。如此生活還不是阿倫特所

言的庸常之惡，因為孫冬所呈現的「無反思性」已超越機器化而陷入迷醉，一方面是「恐慌的自我證明」，一方面又被「永恆無聊」包圍，這正是《破烏鴉》最奇特的地方，一首生活的喪歌。在新詩集很多地方，我們遇到與《殘酷的烏鴉》類似的第一人稱「我」，她沉浸在疼痛、憂懼與消費主義交替的體驗流：「我的口袋裡還有一張購物清單／這絕不是隨意的什麼／不過，它看上去模糊一片。」這個「我」絕非形而下日常的單純受害者，她能剝離無聊之無聊性，發出反諷預言：「不被庇護的困厄，可以用來脫胎換骨」，「被強力去除的／總被瘋狂佔滿」。

　　後現代已經是一種不被庇護的狀態，它從遮蔽－去蔽之真理運作中脫離出來成為單純時間流，但此流體中世界更新的方式（或破敗的因由？）在詩中並未表明。瘋狂與困厄效能何在？詩人未做回答，但我們能感到一種可怕的受困：「爆發造成的偏離／把你我推到一起／在無邊緩慢的寂靜裡」（〈故事〉）。孫冬詩裡的「我」作為幻滅之一般形態，一方面畏縮成日常小敘事（「小迷糊」，「小墳墓」，「小痤瘡」，「小確信」，「小餘波」）的耳語者，一方面又聚合成戲劇化地戳穿這些小敘事的聲音（「你好霧霾／我只是在你的湯裡戳了一下／無論如何也不會戳出一個洞」）。於是，言說者的幻想就是不再去抱有幻想，但顯然她無法實現這一點。在戳穿了「你」的霧霾之後，「我」並沒有逃脫的願望。

　　「施虐者／我不能忍受沒人騷擾。」這句話可怕之處在於它不僅道出當下之人的騷動不安，更讓言說者陷入一種難以自拔

的受虐機制，即對「不幸」的享樂。下一行中我們得知：「我不能忍受一個壞時代／不在我胸口留下一個咬痕」。在一個壞時代壓抑自己可能是最壞的選擇，如果這是末世，可能沒人會壓抑自己，但享樂一個「壞時代」仍有其代價，那就是身體的非主動破壞與享樂的神經質化。於是詩的精神性直接轉變為詩的神經性，昇華的阻塞變成了阻塞之昇華。《破烏鴉》似乎並不想找出肉體和精神的疼痛之因，它向著某種「壞體驗」沉落下去卻沒有對此作出批判。在孫冬詩裡，所謂「文明人」不再是一個可以信賴的存在。

海德格在對無聊的一再追問中凸顯出存在的整體意蘊，然而我在閱讀孫冬詩的過程中並未發現一個所謂整體意蘊，我覺得她在寫作中有意識地拒絕了這一意蘊，但這並不意味著她不遵循任何「方法」，相反這本詩集有一個連貫的方法論。孫冬在〈序〉中寫道：

> 如果說先鋒藝術是在某個層面上的越界，而後現代主義則是全面的拆台。它取消高雅嚴肅藝術和通俗藝術的界限，挑戰理性、經典、原創性和宏大敘事。後現代詩歌的核心是對外部指涉的抹殺、對線性和整體性的破壞，雜語的介入、視角的變換以至於對於自我、現實和客觀等本質概念的質疑。

這段話讓我感興趣的是它的暴力傾向（越界、拆台、取消、挑

戰、抹殺、破壞），孫冬似乎把後現代歸結為對一系列先行理念
的銷毀，然而我們知道後現代主義在理論上有著更豐富的形態，
例如它在對理性的批判中已然訴諸於理性，這在傅柯和德希達
的著作中有很好例證。兩人對「瘋狂」看法各異，但都可稱之為
「理性的大師」或「非理性的大師」，尤其傅柯的譜系學方法不
僅要求話語性推論，更要求歷史性的考察，這些都不是對理性的
單純「銷毀」能達到的。後現代主義企圖揭示本質觀念（人、世
界、時間）的可變界限與內在之矛盾，而非僅僅破壞其概念的統
一性。當然，孫冬努力從詩學－美學而非認識論的領域來呈現這
些問題。

　　對我來說，《破烏鴉》的問題是：它是否真正具有顛覆性？
它的「散漫」，「缺乏戰鬥姿態和政治熱情」到底意味著什麼？
後現代主義強調作品對社會化意義過程的解構，但不論後現代還
是前現代主義文學在穿透文化表象（包括《破烏鴉》針對的男性
中心論、進步論等等）這一點上，都是富有洞見的。孫冬詩作對
目前的壓抑－享樂型社會的啟發在於：它提供了一種對於「生機
勃勃但罪行累累」的雙重社會形態的體驗，她發現自己深陷這雙
重束縛，無法擺脫也不能放棄。孫冬很多詩中的「我」發現自己
毫無抵抗地捲入一個與「你」的漫長而無望的鬥爭，「我」喚起
文化記憶以定義自身，但又發現喪失它們後毫無所失。「我」
處於與「你」（敵人、愛人）的永恆分歧，兩個體驗流處於切近
狀態卻無法交流：「我看著你眼睛裡的光／一下一下／而你沒有
看見我眼睛裡的光／一下一下。」後現代境況中的原子化個體之

間，往往無法以傳統價值或意義相連，各自處在不可穿透的隔離式體驗流中，其相互之間的需要與身體的享樂遵循瞬間時間性——當下誕生的當下抹除，這是一種無盡懷念歷史卻不再需要它的新人。

《殘酷的烏鴉》之後的《破烏鴉》仍不是一本可普遍接受的詩集，它毫無掩飾地描繪了一種沉默與背離、破損與喪失的新的主體間關係。當前社會的享樂與壓抑生產出了相互對峙的符號體系，一種落後和進步重疊的詭異後現代性：

> 煙花一株一株聚攏在霧氣之中，
> 有點像北方的冰稜
> 隔著虛弱記憶，漸遠的意識，雜亂地
> 和未來對峙。〈新年〉

人們對時間之無時間性（永恆化）的紀念，處在了一種「漸遠的意識」中，且「雜亂地／和未來對峙」，文化記憶如同被冰封的曾經絢爛之物，隔著無法融合的體驗流，已變得虛弱。「雜亂」並不意味著混亂，後者預設了一個先在的秩序或理念，「雜亂」喚起一種岩層交錯的地形結構，我想這也許正是《破烏鴉》矛頭所向：雜亂與散漫共同指向了當下碎片化的歷史斷層，孫冬對此斷層的考察必然棄絕「戰鬥姿態和政治熱情」，這不再是任何一種提高或改良能消除的東西。此裂隙（享樂和壓抑、過去和未來之間）也許蘊藏某種改變的可能，但在孫冬這裡，停留於這個現

實本身（而非超越它）有著更深刻的意義。於是在雜亂的文化象徵中，在符號的帝國旅行中，在慾望與冷漠的雙重束縛中，當下社會表明自身為全新外殼與舊式內核的可怕複合體。

我相信讀者在《破烏鴉》中看到的不僅是怨憤與復仇——對於男性，對於壓抑之現實，對於被應允的幸福——有心的讀者肯定會看到「黑色流動的墓碑／在兩個世界的天空上／綻放，打開[的]一扇窗」，這窗也許將我們的目光移離「膚淺的人們／在紙上橫向行走的文字」。從《殘酷的烏鴉》到《破烏鴉》，孫冬完成了日常殘酷的轉型，更深地轉向了對社會的荒蕪化研究和此荒蕪中的滯留。「失憶的鐘／不斷撞擊時間的壞點。」失憶越深，會不會拯救也越深？什麼時候「時間的壞點」被撞穿？失憶會不會引向更大的自由，當我們都卸下了文化記憶與個人歷史的重負，變成嬰兒？或者我們只是運行不良的疼痛裝置？棄絕一種盲目的未來意味著什麼？《破烏鴉》至少告訴我們，認識到自身症狀並在某種程度上接受它，這才是所有好轉的起點——但也許只是一個起點。

哲學眼

不可能的他者：
列維納斯與文學研究

　　在全世界範圍內多種文化高度交叉、混合的當下，「他者」的議題似乎不可避免地進入到共同的批評視野之中，他者的再現、他者與自我的關係、他者的慾望、他者的抵抗等等如今已成為大量學術專著和論文的主題。他者早已從黑格爾《精神現象學》裡意識中介的幽暗角落進入到文化批評的光亮領域。當今學術界對他者的理論論述基本上從拉岡學派精神分析與後海德格哲學的雙重源頭衍生而來，然而在文學研究實踐中，他者似乎並未獲得一個普遍認可的可操作的定義，而是被當作「不同者」的泛指代詞來使用。它可以指代與歐美白種男性相差異的任何個體或群體——從美國的黑人勞工到殖民地國家的知識分子，從閣樓裡的瘋女人到學院中持不同政見者，從意識形態國家機器到作為極端差異者的語言符號系統等。

　　他者的出現，或者說「發明」，與當代思想對於自身封閉性的焦慮是同步的；對於他者即一種外部性的籲請，也同樣與世界的總體化趨勢密不可分。實際上，在資本－技術－官僚的全球化

背景下來討論他者本來就是一件充滿反諷的事,其理論的可能性仍處於精神分析揭示的鏡像他者、解構哲學主張的激進他者與詮釋學設想的可交流他者之間的此消彼長的爭辯之中。問題的關鍵是:總體(the One)能否生產出自身無法整合的他者?或者相反,他者就定義來說必然外在於總體,它是一種以非暴力的方式將總體置入括號的外部力量?如何在總體之外設想一種無法被化約的他性(alterity)?這種他性既不是拉岡式的鏡像自我,也不是詮釋學主體的知識與經驗的光照對象,更無法被納入與自我的相互認同中。我們何以在論述他者的同時維持他者之他性?總體(普遍性)與他者(超越性)之間的關係如何在一個具體的文本中得以辨識與展開?

這些問題將我們帶向了對法國哲學家列維納斯(Emmanuel Levinas)關於他者的思想的再度思考。在二戰後的法國思想界,列維納斯是最早關注他者命運的哲學家之一,他從對胡塞爾現象學和海德格存在論的批判出發,建立了同者與他者、總體與無限的一種非辯證法意義上的論述,企圖突破以戰爭為最高形式的總體化思想的模式。在戰爭的總體動員中,道德被懸置了,如列維納斯所指出,戰爭沒有外部性,戰爭建立了一個無人能與之保持距離的秩序。如何在極端的末世論之外設想總體的裂隙已成為戰後歐洲思想的普遍出發點。

早在1947年——遠早於薩依德的《東方學》(1978)與霍米·巴巴的《文化的位置》(1994)這兩本大量討論他者再現、他者認同的重要著作——在一次名為《時間與他者》的哲學講座中,列

維納斯提出自我與他者的相遇在本質上是神祕而不可理解的：

> 與他者的關係不是共群中的田園式的和諧關係，也不是一
> 種將我們置於他者之位的同感；我們認為他者與我們相
> 似，然而他者卻外在於我們；與他者的關係即是與大寫的
> 神祕的關係。

在列維納斯關於他者的近乎「否定神學」的延異式表述中，自我
與他者並沒有歸屬於對立、壓迫、認同、互動、鏡像、擬像等關
係，而是相互分離開去；但自我也不是一個超然獨立的凝視者，
在遭遇他者之後，自我已經被捲入對「大寫的神祕」之蹤跡的追
溯中。此處的問題是：除了以強迫型神經症的方式，自我如何能
與外部的「大寫的神祕」這一形而上學的慾望對象建立任何關
係？列維納斯的評論者戴維斯（Colin Davis）考慮到「關係」一
詞可能具有的總體化含義：「即使把同他者的關係描述為一種關
係，也意味著採用了一種總體化的視角，從這一視角來看，自
我與他者擁有一個共同的基礎，其結果是他者只不過成了同者的
另一個版本。」為了避免對立或同一的邏輯，一種永恆的錯位
或列維納斯後來稱之為的「不是關係的關係」（a relation without
relation）成為唯一可行的方案。我與他者相遭遇，但無法形成一
個以對稱性或等級性為基礎的共群，我與他者無法被共時化，無
法達成理解、共識、共約，他者溢出了我的認知範疇，與他者的
遭遇乃是「一種先於隨後所有經驗並使之成為可能的結構可能

性……與他性的遭遇之所以難以描述，是因為始終存在著有意或無意地把他者變成同者之反映或投射的危險。如果他者成為知識或經驗的一個對象（「我的」知識，「我的」經驗），那麼很快其他性就會被壓制。」

這種突破自我結構並使之再結構化的行為因此是一個決定性事件，他者進入我，將我創傷化，但仍保持了不可及的非現象的超越性：「它並不是未知的，而是不可知的，抗拒著所有的光。」在戴維斯對列維納斯的更加激進的解讀之下，知識與經驗作為人類主體性擴張的方式，不應該也不可能深入到他者之領域這一黑暗的大陸。列維納斯站在反現象學的立場上，意味深長地將他者置於意向性的「本質抓取」之外，以維持其作為「大寫的神祕」的地位。在隨後的《總體與無限》（1961）一書中，列維納斯進一步賦予他者以「無限性」：「如果總體無法被構成，那是因為無限不允許自身被整合進去。阻止總體化的並不是『我』的欠缺，而是他者的無限性。」此處的「無限性」既非古希臘哲學意義上的第一推動力，也不是總體化的絕對精神對自身的無盡反觀，也不能等同於猶太－基督教中全知、全能、全在的上帝。列維納斯從內在差異的觀點來看待無限性，認為它意味著人類思想的形式與內容之間的「非等同性」，無限性產生於一種不可能的奇跡，一個分離後的獨立的存在（自我，同者）的內部包含了它自身無法包含之物——無限之觀念；此觀念的內容不斷地溢出它有限的形式，構成動態的超越之勢。「存在著一個始終停留在我們能夠構造的任何理論之外的他者。這個他者就是無限。」對

列維納斯來說，思想總是已經在努力思及那憑借它自身之力量無法思及的東西。從本質上說，關於他者的思想接近於一種無限的思想，或者說無限潰敗的思想，然而它卻在自身的失敗中獲得了滿足與榮耀。

如果允許年代錯置，我們可以設想薩依德會反對列維納斯，因為這種對他者的構想恰好證實他所批判的東方主義者們對他者的浪漫主義神祕化。同樣，霍米·巴巴也能站在精神分析的立場指出列維納斯忽視了他者認同在主體建構中的巨大作用。更一般地來看，精神分析、女性主義、後殖民研究、族裔文學研究以及當代各類文化研究都致力於解開這個他者之謎，而在解謎的過程中，都不約而同地將他者置於知識、理論、話語的光照之下，將其納入詮釋學的視域並在此視域中對他者進行「去他者化」、「去神祕化」。甚至那些聲稱維護他者之激進他性的卓越努力，也未能完全逃脫最終反諷地將他者納入理性話語的後果。比如傅柯探索他者「大寫的神祕」的著作《瘋癲與文明》（1967），仍沒能讓瘋癲以它自身的經驗和權利說話，因為從解構的觀點看，傅柯在描述非理性時使用的仍是「理性的語言」，儘管作者在書中一再避免這種尷尬的境況。

如果以列維納斯的他者哲學為參照，我們可以看到傅柯、薩依德、巴巴等研究者對他者的構想中已包含了權力的運作，他者總是已被帶入與同者的相互作用、確認、構建的關係中，他者一再處於同者的飽含權力的凝視之下或者反之。作為他者的他者並不具備「無限性」，更糟的是，它甚至有可能淪落到被同者所管

理、規訓的地步，而這似乎就是當今世界範圍內所發生的現實。「再現」、「認同」、「身分」、「同一性」、「排斥」、「對抗」、「主題化」等等同者意識領域內的術語被直接應用於他者的領域，他者作為敘述的對象進入一個先驗地構建出的前後一貫的話語體系，並在此體系中獲取研究者所賦予的真理價值。當今學術界關於他者的研究大量借用傅柯、薩依德、巴巴、拉岡等人的結論，對其倫理、政治、主體性的前提條件卻沒有進行應有的質疑。我們能否設想游離於認同、身分、想像、排斥、閹割等對立關係之外的他者與他性？這正是列維納斯的他者哲學對當代文學研究的諸多預設所提出的問題。

　　文學研究理所當然地成為他者之問題主要的發生與爭辯之場所，因為哲學意義上的他者乃是一個普遍概念——雖然在列維納斯那裡，他者脫離了概念的總括性——其特殊性的展開需要通過實體性的或文本性的例證來把握。哲學上的「無限的他者」以及與「大寫的神祕」的關係等議題需要放在豐富的異質文本中去趨近並識別。當今，各種理論與寫作已經高度滲透入全球化的進程，或者說全球化本身就是政治、經濟、哲學理論體系的一個伴隨物。在一個日趨體系化、象徵化、符號化的全球背景下，他者的各類變體也不可避免地被文本化或符號化，幾乎每一個文學文本都對他者有所指涉，對他者的研究於是在很大程度上歸結為對文本中他者呈現方式的研究和批評。

　　他者已經寓於文本，「寓於」指這樣一種狀態：他者在文本中獲得蹤跡，以蹤跡的方式在場，但並不被文本的整體化的意義

所包含。他者總是保持一種溢出思想與文本的態勢。與哲學反思相比，文學批評提供了切近他者的一個較為多樣化的途徑，文本中的他者因其特殊性與虛構特徵更能擺脫形而上學的概念預設。可以說，寫作行為本身就源於對同者與他者之關係的一種原初的發問，而文學研究則進一步追尋這個問題，將這個問題的符號化過程納入審美與意識形態的縱深背景之中。我們無法再像列維－斯特勞斯（Claude Lévi-Strauss）那樣，以一種「直接的」人類學方法來研究他者，因為事後證明這種「直接的」研究方法並不真正地「直接」，裡面已經包含了「文明人」對「野蠻人」的等級制的凝視與干預，他者總是已經被化約為知識與科學的對象，而凝視本身很有可能已經成為它所看見的事物的一部分。對於他者之結構的盲視源於結構的他者無法被該結構自身所闡明這一事實，而未經符號中介的他者與能夠被符號完全再現的他者同樣是不可想像的。

從另一方面來看，在解讀文本中的他者的同時，研究者似乎履行了一項批評意識所賦予的任務，即拆解文本對他者的各種「虛假」的再現、投射等，從而暴露同者的隱而不宣的意識形態設定。近期的後殖民研究、女性主義解讀、文化研究等等在這方面提供了豐富的例證。然而，如此的研究思路將觀察主體自身置於「他者之位」，以還原「真實」的名義去解構被話語所操控的種種「偏見」、「凝視」、「陳規」、「構建」。自我與他者之間的關係被設想為基於某種普遍人性的最小公分母，在此基礎上，批評者與被批評的作品一同分享了同者對他者的認知化、範

疇化、衡量化、主題化以及價值賦予的過程。例如，薩依德的《東方學》固然遵循了文本闡釋與解構的策略，但是這種批評如不能包含對於自身限度的批評，那麼它就暗含了這樣的風險，即將一種文本的呈現判定為「虛假」或「扭曲」的同時，它實際上已經預設了一個可知、可被再現、可被對象化的他者。「他們無法再現自己；他們必須被再現。」《東方學》開篇引用的馬克思的這句話為再現的批評打開了道路，其代價是將再現的話語在無意識中提升至總體的高度，這將導致對這種話語的批判本身也可能被納入話語的形式。從列維納斯的哲學來看，他者的軟弱與失語並沒有使他者全然受制於表象權力的掌控，此處隱蔽著一種倫理的抵抗，即列維納斯稱之為的「沒有抵抗的抵抗」：「無限者以其對謀殺的無限的抵抗讓權力癱瘓，這一點堅定地、無可逾越地在他者的面孔上閃現，在它毫無抵抗的眼神的全然裸露中，在超越者的絕對的敞開性之裸露中閃現。」列維納斯的悖論式語言臨近一個倫理的絕對命令而非對現實的現象學描述。表象／再現作為對事物自身的替代（謀殺），難道不正是那同時賦予事物以意義的意向性行為本身？究竟有沒有表象／再現結構之外的非意向性的他者？

　　薩依德的解構事業是不徹底的——傅柯也未看到話語與權力的終結之處——他們都預設了一個沉默的被再現的他者，並試圖以真相的名義將這個他者從各種權力糾纏的表象技術中解放出來。他們試圖還原被各種記錄、檔案、機構、話語所肆意支配的被表象的他者，然而，他們的視野中似乎沒有一種可突破符號系

統的他性，他們並未為此種他性保留逃脫話語之操控——無論是東方學還是精神病學——的可能性。解構不僅僅是拆毀，它也是保留，在保留中給出概念、意義與話語自身的界限。列維納斯在〈雅克・德希達：全然的他者〉（1973）一文中強調了德希達對於「限定性概念」的轉換：

> 將「限定性概念」轉換成它自身的前提，將欠缺轉換成起源，將深淵轉換成條件，將話語轉換成位置，將這些轉換本身轉換為命運：概念被剝除本體論的迴響，從真與假的可選項中釋放出來。

無限的他者就其「無限性」而言，已經不在真與假的價值體系中被斷定，相反，他者以「絕對的敞開性之裸露」有力地質詢了同者的話語體系的合法性；他者（絕對差異者）正是那一股將同者意向性行為之中的「限定性概念」轉換為其自身前提條件的外部力量。

列維納斯所說的「他者之位」，即他者言說自身的位置，近乎於一個空位，他者並不以雄辯的言辭為自己宣稱什麼。當他者以裸露的無條件的沉默向同者發出超越性的暗示時，同者又無法以邏輯的話語來毫無遺漏地表達、陳述這種暗示。作為一種對文本（言說）的批判性回應，文學批評（筆者不打算在此區分文學研究與文學批評，因為兩者都包含文本意義與價值的再生產）一再被引誘去佔據他者的位置。悖論卻在於，批評者闖入他者的領

域後卻發現自身處於意指過程的一道裂隙中，在那裡，言說者的表象話語喪失了概念的確定性與可操作性。從另一個角度看，正是他者對主題化話語的「消極抵抗」在維持著他者之文學研究的持續再生產。批評者的主觀意識對他者之他性的主題化確保了文學批評得以在最低層面（意義的詮釋）上展開，但在形成一個前後一貫的批評話語的同時，這種化約行為也極大地忽視了他者逃逸出整個語言－符號－意義系統的可能性。

　　因此，批評的功能不僅僅在於發掘文本內容的審美價值和文學與其他領域的關係，而是在於為同者的意向性光束定下一個內在的界限，適當地為他者在言說的主體——作者與批評者——的主觀意識中投下一片意義之外的被保留的陰影。概念（Begriff）從德語詞源看，具有「抓取」（greifen）的內涵，運用概念即實施一種多少帶有暴力性質的抓取。在各類政治、經濟、哲學概念相互滲透、制約的當下，文學批評似乎無法不依賴概念而履行自身的批判功能。如果說他者始終逃不出再現的命運——此處「再現」這個概念廣泛地指代一切符號意指過程——列維納斯會提醒我們，一種更為合理的解讀策略將不是去拆解虛假的再現而是將再現懸擱，鬆動再現過程中同者意向性活動下的意義賦予行為。通過對可能性條件的追溯，批評者將「再現」、「身分」、「主題化」、「抵抗」等等「限定性概念」置放回它們自身的前提中去。一種關於他者的批評活動，在列維納斯看來，將致力於突破認同與對抗的總體化思維，實施對概念、話語、理論的條件性與限定性的勘定、轉換、回溯，在批評話語的腹地松開支撐著他者

可表象性的諸多設定，或者以南希（Jean-Luc Nancy）的話來說，「不停地推遲或消解所有的視域」。

在《變異的閱讀：列維納斯與文學》（1999）一書的前言裡，羅賓斯（Jill Robbins）指出：「文學批評，無論被視為一件作品之意義的決定還是它的形式結構的分析，都衍生於列維納斯的更為原初的倫理問題。」自我與他者之間無法彌合的永久裂隙有可能是一切指稱與意義的幽暗之源；從列維納斯所信仰的猶太教創世觀點看，世界結構本身也不過是「大寫的神祕」的某種衍生物或受造物。當然，這並不是說倫理學在價值上優先於形式主義或詮釋學，在文學批評中，破解符碼的過程總是必要而愉悅的，而且修辭學與歷史主義對於文學的橫向與縱向的解剖極大地增進了我們對文學的內部與外部的理解。然而，文學對文學批評提出的關於他者的原初問題，卻不可能單純依靠對文本的結構或歷史的分析而獲得解答。如果他者在本質上「外在於」同者，游離於認同、對立、認知、模仿、鏡像等總體化關係之外——如同列維納斯的上帝，它是一個「對從外部敲打思想之物的特別比喻」，那麼我們在文學批評中所能做的，將首先是從不同方面去勾勒這個比喻的輪廓，將其本體與喻體之間的永久錯裂揭示出來，從而完成一種更加激進的批評行動。

羅賓斯前言裡繼續寫道：「列維納斯的哲學不能被視作文學藝術作品的一種外在的分析方法，換言之，它無法被運用。當然，這取決於文學批評的含義。如果文學批評被設想為對文學與詩學經驗的本質與條件的更為原初的發問，如布朗肖的情形，或

者作為德曼稱之為語言修辭維度內的隱喻運作的研究，這種不一致性就非常明顯。」列維納斯的他者哲學已經溢出了一般意義上的文學批評的範疇，它不是關於詩學經驗的基礎本體論研究（海德格、布朗肖），也無關於文本符號、語法與修辭的功能化原則（雅可布森、德曼）。文學批評所面臨的他者——包括文本符號本身，符號所給出的他者之在場，符號的外部等——無法通過對詩學之條件的沉思或詩意語言與修辭手段的分析、拆解來達到。如果說他者的問題以其前理論的特徵從外部敲打著當代思想，那麼它也同樣地從外部敲打著作為文本意義再生產的文學批評並將此批評回置入自身的限度中。文學批評如何在限定性概念鬆動的核心地帶去切近他者在文本中的在場？這將成為研究者在一個主題化的研究項目中首先面對的難題。

羅賓斯所言的倫理學與文學批評之間的「不一致性」（immeasurability），換一個角度看，正好可以轉化為從文本的外部來衡量（measure）文學批評的尺度。將列維納斯的倫理學做一種符號學上的轉換，我們可以看到作為同者的符號意指過程（文本）已經包含了自身的無限他者，即無法完全被符號所捕捉的外部性或他性。實際上，我們已在許多經典文本中目睹了這種無限溢出的過程，例如在策蘭的詩歌中，我們一再接近那自語言的縫隙中閃現出的不可再現、不可主題化的神祕之物，然而，我們卻無法從詮釋學的前理解－理解的結構來把握這個神祕之物以及自我與「大寫的神祕」的關係。雖然伽達默爾一再提醒我們去關注「文本的他性」，但是根據詮釋學，這個「他性」最終將被

納入詮釋者也就是同者的視域與歷史意識之中。

　　對列維納斯來說，詩歌或者語言本身，即是一次與他者的神祕遭遇。在〈保羅・策蘭：從存在到他者〉（1975）這篇文章中，列維納斯指出策蘭的詩歌定位於「前句法」、「前邏輯」、「前去蔽」的水平上，它乃是一種「為了切近而切近的語言，比存在的真理更為古老」。策蘭文本中給出的這種列維納斯所稱許的朝向他者的「切近」，並不完全經由語言符號的再現功能而在場，它是從語法以及修辭的斷裂之處閃現出來的，它的在場經由符號中介但並未被符號完全捕捉。列維納斯提醒文本的批評者去意識到文本已經意識到的東西，即他者之在場的不可知性以及他者相對於自我的外部性。形式主義、詮釋學與歷史主義的建構在列維納斯這裡遇到了那消極地抵抗著歷史、詮釋與形式分析的不可能的他者，文本、語言與符號顯現出的是對這個他者的慾望而並非他者本身。作為讀者的我們在文本中不必急於尋找他者形象的建構並對此做出價值判斷——也許文本本身已預先排除了任何倉促的判斷，因為他者一旦如列維納斯設想的那樣具備了無限性，那麼文本就經由他者的擾亂而失去話語的總體性並呈現出自身的失序狀態。因此，當文本的總體性受到不可見的他者的質詢時，亟需的就不再是關於「再現」的諸多判斷——儘管這些判斷乃是基於文本做出——而是吉爾・羅賓斯所言的閱讀所帶來的「被他者擾亂的同者經濟體的變化」，文學批評則不過是對此變化的一種「文本性回應」罷了。

　　保羅・德曼在〈批評與危機〉（1971）一文中曾富有洞見地指

出：「當現代的批評家認為他們正在將文學去神祕化（demystify），
實際上他們自己卻被它去神祕化了。」當代文學批評同樣面臨著
一個解構意義上的「絕境」：批評家們越是迫不可待地把文本中
的他者、他性納入話語、詮釋、去神祕化的進程，他者、他性就
越發模糊難辨，越發隱退入「不可說」的絕境，用它沉默而消極
的方式抵抗著批評的生產。一個被普遍忽視的事實是：理論的界
限並不在於它無法解釋所有的情形，無法為自身的普遍性獲取合
法性；毋寧說，理論的邊界被它內在的困境所規定，它一方面將
文本、知識與經驗納入前後一致的總體框架，另一方面又充分意
識到這種「納入」的行為本身已經極大地化約了文本、知識與經
驗的原初他性。理論與話語的這種兩重性已經深深銘刻入它們所
觸及的文本並改變了後者在閱讀中呈現出來的方式。德曼在〈批
評與危機〉中提出如下問題：「批評是否真的在審視它自己，直
到它反思自身的起源？它是否正在問自己，批評行動有必要發生
嗎？」關於批評的必要性，我們可以從列維納斯那裡得到一個
回答——儘管它與問題本身一樣令人尷尬——批評有必要發生，
但以這樣的方式：它在關於他者的表象的言說中逐步意識到，任
何批評最終都將回到對自我意識的同一性的批評。批評之所以必
要，是因為在比文本更加被限定的條件下，它有意識地在自身的
核心地帶鬆動了概念與話語。在一種非整合的意義上，批評能夠
抓住從文本的縫隙中閃現出的他者之在場，從而以更為開放、包
容的姿態接受他者對於同者的外部性。

被裸露的神聖
——評巴塔耶《內在體驗》

　　2016年6月，巴塔耶《內在體驗》的中文版首次面世（尉光吉譯，廣西師範大學出版社），巴塔耶上世紀三、四十年代艱難的心路歷程，經由譯者激情而連貫的表達，得以在中文世界裡第一次被「裸露」出來。該書記錄了一種思想即將停止之處的思想——處於界限狀態的思想，以片段形式表象體驗、寫作、哲學、死亡之潮湧。真正進入這本書的讀者，其內在感官領域、價值結構、道德體系必然被改變，如巴塔耶所言，理想的讀者「進入我的書，深陷其中，就像掉到坑裡，再也出不來」。考慮到政治、技術與倫理對當下討論的佔據，這樣一種「深陷於無」的思想體驗在當代哲學中其實並不多見（布朗肖的作品也許提供了另一個極端情形）。從哲學史上看，巴塔耶的內在體驗直接呼應黑格爾所言的對思想的體驗，也就是將思想本身當成客體來體驗，在思想中虛擬思想的邊界以延展突破這個邊界，從而裸露出被之前的哲學忽視或抗拒的某種重要的另類一致性。在巴塔耶這裡，某種貫穿了迷狂、笑聲與獻祭的原初綻出欲，在「人之所是」這個問

題中不斷回返並衝擊神聖與自然的諸多法則，於是精神不再滿足於黑格爾構想的通向絕對知識的運動，情形反而是，如巴塔耶所言，「精神在一個讓苦惱和迷狂成形的陌異世界裡運動」，絕對知識將被無意義的知識所取代。

與主流神祕主義相區別，巴塔耶傾向一種突破「信仰底線」的界限體驗：它通向存在者的某個盡頭並與超越道德者相接通，這在該書中被稱為「交流」，「光與熱的傳遞」或任何一種從生產的迴路中撤出的無條件價值的流通。與超越道德者交流時的「神迷」（迷狂、綻出、蕩力）實質上是一股毫不妥協的主體顛覆之力——它棄絕了以靈魂拯救為旨歸的基督教道德（教條主義的沉睡），進而將神祕／內在體驗本身高舉為新的道德。巴塔耶將這種矛盾的神祕主義踐行為一項神聖的任務，更根本地看，正是此矛盾性構建了神聖者之為神聖，因為它不僅指向中世紀「否定神學」中頗為悖論的「祛除了上帝的神祕主義」或「無神論神學」，它更加裸露了「假定知曉上帝的主體」，也即信仰者（巴塔耶曾認真考慮過擔任天主教神職）身上那無法愈合的傷口——神聖者（給予）的傷痛。該書中巴塔耶的「現時計畫」（他有理由懷疑海德格的「向前籌劃」耽誤了當下體驗）正是以去除了具體宗教內容的體驗形式來裸露被宗教體制化（知識化）掩蓋的具有貫穿能力的神聖性。在巴塔耶這裡，我們不再目睹有罪者向上帝或任何單一神的贖罪的告白，而是神學向哲學告白它的不可言明的慾望，它的難以忍受的酒神精神，它超越基督教、甚至超越任何既定宗教的那部分構成。

親知與體驗構成宗教神祕主義最核心的部分，對諸如埃克哈特大師這樣的神祕主義者來說，除了神聖知識或內在於上帝、以上帝為唯一對象的知識，沒有別的知識，信仰並不追問上帝以外之物，正如科學不追問宇宙外之物。如果說科學旨在以黑格爾在《小邏輯》中稱之為的「思想對客觀性的第一種態度」（經驗主義）來揭示自然，從而接近自然法則的偶然陌異性，神祕主義則旨在以「思想對客觀性的第三種態度」（直接知識）來親歷神性實存，從而揭示神聖者的非知陌異性。由信仰而來的神聖知識（因其不可操作特徵也可稱為「非知」）發軔於自身性綻出過程中與神聖對象的直接切近與交流。這個過程，按基督教和佛教教義，首先要求自我的無限棄絕以穿越主體權能的幻象。埃克哈特大師曾教導：「你們應當知道，還沒有誰在生命中棄絕到如此地步，即再無一物可棄絕。」棄絕越多，可棄絕之物也就越多，直到無限減縮的自我在某個關鍵點上達到近乎空無一物的敞開，此時神聖者方能進入：「當你在一切事務中將你自己從自己身上剔除乾淨，上帝才攜著屬於祂的東西進入你。」宗教話語中的自身性在本質上乃是作為欠缺、可朽與罪責的超我看守之下的存在（我有罪故我在），於是對自身性的棄絕／倒空成為宗教體驗的前提。然而在某些激進神祕宗教派別中，神性體驗超越了任何對外宣稱的對既定單一神的信仰，例如十七世紀被視為猶太人「彌賽亞」的沙巴蒂・澤維，在對拉比猶太教的改革運動中竟叛教改信伊斯蘭，而沙巴蒂之後的兩大宗派也都紛紛改信伊斯蘭教和天主教，然而卻暗中祕密維持原有猶太教身分。沙巴蒂宗派否認任

何外在信仰的合法性——他們堅持認為神性知識維持且僅僅維持在內在體驗的領域，該領域是那些以正統為皈依的信徒無法進入的。

如沙巴蒂・澤維的叛教之舉，巴塔耶想在體驗上走得甚至比神祕主義更遠，他想獨自抵達界限。為此目的，有必要懸擱信仰，棄絕正統神性，信仰有可能阻礙了體驗。為將自身性之貧乏、被拋與痛苦徹底裸露，為「逼迫出一些本質性的問題」，巴塔耶必須棄絕或隱匿信仰的身分，在神聖的倒空（自我之毀）與內在裸露（廢墟展示）中，讓自身性的創傷化慾望（對受難、獻祭、交流的無限渴望）在一個有限的認知框架中不帶價值判斷地充分運動起來。這個從內至外、從外至內的交流過程在《內在體驗》第二部分〈刑苦〉（Le Supplice）中被記錄下來。Supplice一詞既有「酷刑」的含義，也指「折磨」，「痛苦」，當然這個詞也喚起了具有強烈宗教內涵的supplication，「哀求」，「祈禱」，一個將「我」之柔弱完全裸露的時刻，而「我」並不確定神聖者是否在此時刻做出回應。儘管有聖安塞姆對上帝的本體論證明，內在體驗中的「我」從直觀上其實並不確定神聖者是否實存，但「我」需要一股能將自身之殼打開的外部力量，以借此洞察自身性更深刻的虛無之構成。既然巴塔耶已決意「拒絕幸福」並「以死為樂」，那麼從無意義中升起的痛苦無疑更能激發精神的生長。然而，巴塔耶「過度苦修」的喜劇效果卻在於，這種苦修總是失敗的，他總是失敗於神聖，未能抵達界限，他只能走向界限。換言之，巴塔耶「向內推進」的同時一次次被迫回到主體

的話語，也就是回到對自身苦惱慾望的哲學化表述，回到對笛卡爾、黑格爾、尼采的方法論批判，回到對韓波、普魯斯特以及文學有限性的批判。於是有所謂哲學之恨與詩歌之恨，這兩者在巴塔耶看來都未能持守於體驗，即絕對者朝向有限者的內在坍塌。

　　無論以體驗反對話語還是以話語反對它自身，巴塔耶發現，都是徒勞的；作為回返運動的思辨之力與隨時帶出可怕之物的無盡交談，話語才是切近神聖與死亡的必由之路。雖然巴塔耶在書中多次攻擊話語的統治地位，將之與體驗對立，話語仍舊保持為一種最具爭辯力和破壞力的挖掘方式。其實在巴塔耶這裡，話語已將其衝突的內心狀態暴露無遺，話語的批判運動，因其在「我之本質撕裂」之體驗中的無盡穿梭，已然損壞了他的五臟六腑，這稱之為「刑苦」實不為過。此處也許有必要區別「話語的瘋狂」與「自為的瘋狂」，後者指明了世界事實總體的絕對偶然——當代思辨實在論正全面揭開尼采和巴塔耶所預言的世界之本質無基底：我們找不出一個絕對的理由活在這個世界而不是別的世界，這就是世界的瘋狂。而話語的瘋狂，如巴塔耶的內在體驗、神祕主義和尼采的酒神精神所預示，則指向消解世界之為世界所藉助的那些知性範疇的絕望努力，它殘酷地剝去我們賦予世界的權威、價值和判斷，使世界喪失一切「真實感」。當巴塔耶宣布「瘋狂是無效的，它只任殘骸堆積」時，他似乎回到了話語對生命內核的至高裸露：「如果沒有理性的支撐，我們就抵達不了陰鬱的熾熱」，然而這卻是以將理性帶出它確認自身的領域為代價。巴塔耶似乎同時走向維特根斯坦和黑格爾的反面，他說出

了某種「不可言說之物」，但這卻不是某個難以言表的絕對：「陰鬱的熾熱」既不對應於世界之中任何一個可表象的實在，也不是精神對自身無盡反觀的餘燼，它僅僅暴露一個燃燒的體驗內核，該內核猶如原子內部空虛，乃是一種被突然強力揭開的構成性的虛無。在評論《內在體驗》時，布朗肖看到了理性話語的這種「去除庇護」的能力：「唯有理性能夠獲得足夠的連續性、秩序，甚至激情，讓任何的庇護不復持存。」

雖然表面上反對基督教拯救計畫或任何計畫，巴塔耶自己就在計畫並導演著這一幕幕過度使用突降法的神聖喜劇。巴塔耶對神的態度既不同於神祕主義，也不同於無神論，當然更不是原始巫術中的「裝神弄鬼」。實際上，前兩種看似相反的立場均依賴於對神的排它性理解：神要麼不可知卻存在（神祕主義者「親歷」神存在的不可知），要麼可知卻不能存在（無神論者「知道」神不能存在）。為避開這兩種本質上寄生於本體－神學論的立場，巴塔耶選擇對聖殤事件進行降格式模仿，把它極端地推向神性（絕對）與人性（有限認知）在人身上的本質分裂。一方面，對神祕主義的繼承使巴塔耶能夠將上帝等同為未知之虛無的最高形式，一個向來騷動不安的黑暗形式；與其說上帝是一個回答，不如說上帝與信仰者一樣充滿了問題。「上帝在任何東西中都找不到安息，得不到滿足。一切生存皆受威脅，處在祂無法滿足的虛無之中。」在虛無的強力反彈中，上帝的概念喪失了被宗教確保的崇高與自足，因其對虛無的全知，神祕主義者的上帝隨時有可能變成一個深刻的無神論者，甚至變成一個自行抹除神性

的虛無主義者。

　　另一方面，從尼采開始的對上帝的「宣判」在巴塔耶這裡獲得某種反諷效應。與一般意見相反，哲學對基督教（一神教）的解構並沒有殺死上帝，該尼采式宣言實際確認了上帝（最高價值）的實存。解構僅僅解開上帝與信仰所擔保的拯救之間不可解除的關聯，讓上帝走出本體－神學論，走入多重性的深處。極端地說，解構（以及受惠於尼采、巴塔耶的當代後現代神學思想）致力於將神從知識化信仰之形式的宗教中解放出來，讓神停止成為詛咒之神、拯救之神、戰爭之神、意義之神。雖對上帝有諸多不滿，巴塔耶在《內在體驗》中所意圖的還不止是對基督教的鬆動與延展，即揭開它構成的多重性，巴塔耶的任務在於將神性權力結構顛倒，以洞穿任何信仰的不充分性。對他而言，基督教只在受難時才達到神性，在普通的虔誠中上帝是缺席的，或者更糟，被哲學「裸露」的拯救不過拯救了拯救者上帝自身的傲慢，即神的虛榮：「上帝祂自己也不過是個十足的奴僕。」所以《內在體驗》中運行著的，不再是包裹完好的極力維護等級制的上帝，而是對不可認知之物（上帝只是它的一個名）的無限渴望，它從一個被認知意志迫向「非知」的不可慰藉之生命（一個支離破碎的生命的閃爍）中無盡地流淌出來。這生命的瘋狂強度將自身隨時置於毀滅邊緣，甚至，置於死亡內部以暴露人之極限。巴塔耶乃是作為死者，從死亡內部談論死亡，生命得以從死亡中獲得肯定。

　　與「隱匿」、「顯現」相區別的「裸露」，似乎成為準入神

聖領域的一個有效路徑。與猶太－基督教教義相差異，巴塔耶所理解的神聖之物既不隱藏於帳幕，也非顯現於神跡，它僅僅敞露於危險暴力的過度體驗，例如十字架上的受難、自我與世界視域可怕的同時消解等等。極端地看，神聖者只在「界限情形」中被裸露，在此，人失去人的一切確定性，無論是他人、上帝，還是別的任何權威都不可再服從。既然已抵達「非知」的權威，就不再有別的權威，也不再有南希所言的「意義」，即對世內之物的無限的指代，「非知」讓這些相互聯繫的指代失去了方向。「非知交流神迷」──這就是巴塔耶《內在體驗》的核心，它的話語之頂峰，這也是將巴塔耶與聖十字約翰、沙巴蒂・澤維、埃克哈特以及當代的列維納斯、南希等哲學家區分開來的重度症狀。巴塔耶一次次將傷口、欠缺、虛無與苦惱意識在神聖視角或上帝視野中再度創傷化，以無止境的自我爭論一次次裸露生命潰爛的痛處：人何以失敗於「成為一切」，以及這種失敗意味著什麼。爭論的結果則是自我與這「未完結的、不可完結的、永遠無法理解的世界」之間的撕裂狀態被獨一化、永久化、幽靈化。《內在體驗》中遭遇的「不可能之事」（這也是巴塔耶一部小說的標題）不過就是神聖者飽受折磨乃至死亡這件最不可思議的事情：神對神自身的恨意，上帝自己變得不可能且自相矛盾。通過拒絕愈合，拒絕與救贖的反題調和，巴塔耶躍入這不可能的裂口──超越者被內在性撕開後相互交流的垂直剖面。

　　布朗肖在其《無盡的交談》中指出巴塔耶思想的「進路」，哲人如何應對「虛無本身的過剩」，將之轉化為對「界限情形」

的肯定，在知識的喪失中（所謂「非知」其實沒有否定知識的有效性，只是否定它的總體性），挺進向可能性的終點，即無法再以可能性／不可能性來描述的存在，從而將有限的人迫向一種無始無終的被否定之絕對所吸收的狀態。布朗肖認為巴塔耶的「內在體驗」實際上是一種「界限體驗」，它被一股可怕的「無所用的否定」驅策著去毀滅所有否定的對象，直到再無一物可被否定，直到否定性的黑色空集被絕對地確立。人之界限處，不但不見神祕主義者的上帝，黑格爾的絕對知識也消失在意識盲點的黑暗中。毫不意外，布朗肖將這界限歸於「最後之人」：「界限體驗即等待著這最後之人的體驗，只有此人能最終不止步於他所抵達的充分性」，「唯在已抵達的知識之外，非知才將自身顯示為我們必須應對的本質急迫，這非知不再從屬於理解的模態，而是將自身持守在一種關係中，哪怕於此情形，關係已不再可能。」然而，領會巴塔耶體驗之思的關鍵在於，絕不可將虛無本身實體化、本體化、必然化，這樣表面上以「虛無」偷換「整體」，實質上完成了另一種總體化。於是有必要將神祕主義以及哲學的虛無／上帝置放在一種消除了意識綜合設定行為（意向性）的視角中，也就是無限的神聖的分散視角中。如果說神聖者赤裸的眼睛能「看到一切」，那這隻眼睛必然也看到了自己，看到自己的盲點，但這個盲點實際上是眼睛看不到的，神聖者卻「知道」這個盲點。這個盲點就是巴塔耶所說的將一切存在集中於此的那個點，絕對之點。

　　棄絕「成為一切」，也棄絕了「成為自身」，最終之人將

抵達絕對與絕對之外部同時開敞的瞬間。於是有神迷的湧現與交流：「但不是從一者到另一者，一者和另一者已經失去了有區別的存在。主體的問題，其認知的意志，遭到了廢除：主體再也不在那裡，它的追問不再有任何的意義，不再有引導它的原則。同樣的地，任何的回答都不再可能。」在總體化知識的完結／迷失之處，不再想要「成為一切」就是以絕對有限的姿態「質問一切」，包括質問本身所依賴的我思的基礎，而體驗的結果不再是將絕對本身納入自身性的貧困化，但也非對此貧困的某種簡單「超越」，而是對該貧困所源出的被知識分割的內在橫貫面的棄絕，從而躍入真實而不是知識。唯在此意義上，內在體驗才不失於豐富與啟發，也唯在此意義上，才能擺脫對上帝的慾望，而不至於落入禁慾主義與虛無主義的雙重束縛。在失敗於「成為一切」的過程中，巴塔耶逐漸領悟到值得慾望的也許並不是未經中介的非反思的絕對，他毫不猶豫地獻祭了這宗教－神學的絕對，況且，如果如黑格爾所言，「絕對一直與我們同在」（知識在黑格爾那兒已完結，近兩個世紀的科學所做的不過是「實現」這個終結，例如當代物理學朝向「統一理論」的絕望努力），那麼就不存在一條通向已被獻祭的絕對的路徑。這種慾望一方面將哲學拋回前康德時代理性的濫用，另一方面則通向蒙昧主義。相反，真正值得慾望的乃是被朝向超越之「一」的知識總體化運動（哪怕以神祕主義「未知之虛無」的方式）所遮蔽的人的自身性的真理：人作為不可知的非知的存在（對於上帝，人也是未知的，如同上帝在人這裡的未知／不可知）。這就是人身上無法以知識、

技術、能力來解釋的無限之存在，此存在既陌異於以技藝為導向的包括政治與倫理在內的諸多行動，也陌異於「絕對」的已然祛魅的突飛猛進的區域化配置，後者在自哥白尼革命以來的同心圓般的去中心化運動中，已將人的自身性波及為未知但並非不可知之物——終有一日，認知的光芒將抵達人類起源的那一瞬間，而我們似乎正接近這樣一個時刻。

　　從後現代神學來看，巴塔耶的《內在體驗》以其嚴格的運思與質問檢驗了實證－經驗主義的界限，結果是，沒有什麼東西能一勞永逸地被意識樹立起來並保持在理性之中，任何一物都可能在「內在體驗」中分解為難以辨識、感知、範疇化的流體，此即自身性的流體，它惱人地粘在主體與對象、精神與物性之間。自身性的衝動（褻瀆的衝動、大笑的衝動、僭越上帝的衝動）不但未知，且很有可能不可知，正如我們根本不清楚大笑、瘋狂以及神迷究竟為何事，究竟是什麼在無聲息地綻出，向外猛烈拋投。這些體驗所指向的情緒與狀態自相矛盾且無法定義，它們不具備能被科學話語解釋的最小連貫性，只能一次次從失控的主體中爆發出來，擾亂自然與神聖的秩序，暴露知識與信仰的合謀。如果真有上帝，如果我們還保留這個詞最基本的神學－哲學內涵，祂很可能外在於所有對上帝的思考，且內在於偶然。在物中，在神聖中，在黑夜裡，這就是巴塔耶《內在體驗》裸露出來的新的「三位一體」，它具備了足夠的對抗世俗的力量。

▌米克・巴爾與精神分析詩學

　　自精神分析誕生之日起，它就與廣義上的詩學建立了緊密的聯繫，兩者均致力於探究心理裝置之深層結構和該結構經符號表達之後呈現出來的樣態。實際上，據費爾曼（Shoshana Felman）對書寫與瘋癲的研究，十九世紀的作家們（福樓拜、巴爾扎克、內瓦爾等）已經在精神病學的主導話語下寫作，他們以各自方式回應瘋癲的襲擊，書寫「瘋癲的傳記」。費爾曼甚至認為，唯有文學能「挑戰瘋癲的力量」，「使瘋癲的被剝奪的主體性得以恢復」。

　　十九世紀的大師們雖然對精神病學多有浸染，但他們在寫作中其實並沒有質疑語言符號的統一性法則，他們對修辭仍採取一種「自然態度」，即認為符號的現成存在性是毫無疑問地合法的。直到佛洛伊德對夢的研究以及無意識的發現，文學才第一次衝破規範性話語（語法、句法、連貫性）的束縛，釋放出前所未有的破壞性的符號潛能。佛洛伊德的工作為二十世紀初歐洲超現實主義提供一個直接而有力的理論框架，例如凝縮、移置、自動書寫、意識與無意識的交流，於是在對現實之為現實、符號之為

符號的激烈懷疑中，無意識的創作路徑迅速對詩和其他藝術形式提出新要求，自古典主義以來的途徑浪漫主義的表意／表象的同一法則——元素所內含的意義與形象的先驗一致性——受到了極大挑戰並趨於崩解。

二十世紀後半葉，人們發展了佛洛伊德式批評方法，在對文學活動與無意識活動之間的轉譯與關聯的大量挖掘中形成了著名的「精神分析文學批評」。佛洛伊德以及後來的拉岡的理論框架被當成通達詩化活動之無意識的重要手段；通過分析修辭運作（隱喻與轉喻），研究者似乎深入了那些拒絕直接被言說與定義的真實層面。此時精神分析與詩學能夠一起宣稱：不是所有東西都可以被符號化或毫無殘餘地說出，重要的不是陳述的表面，而是潛藏其下的巨大的無意識企圖。精神分析與詩學的相互投射不再局限於當初佛洛伊德、布勒東、達利等先驅的臨床與藝術實踐，它已然擴展為一門獨立的具有橫貫性的創作與闡釋的方法。

時至今日，我們可以問，什麼是拉岡之後的「精神分析詩學」？除了作為一門普遍意義上的文學批評理論，精神分析在何種意義上能為當下詩學議題提供一個討論的入口，以超越僅僅作為「文學批評方法」的分析框架？人類兩大認知與創造領域——精神分析與詩學——在法國哲學家巴迪歐稱之為「對於真實之激情」的當代語境下具有何種縫合之趨勢？

其實研究者早在上世紀七、八十年代就開始反思精神分析產生獨斷的可能。精神分析在對文本產生巨大闡釋力的同時，也很可能將文本的豐富內涵化約為單一知識框架的類比式印證與強

化。此外，西方哲學界對佛洛伊德－拉岡精神分析遺產的質疑從來不絕於耳，如德勒茲與瓜塔里在1972年出版的《反俄狄浦斯》一書中，提出「精神分裂分析」這一概念，以對抗佛洛伊德與拉岡關於俄狄浦斯情結與無意識慾望之缺失的理論預設。德勒茲與瓜塔里對慾望之生產性的闡釋使得經典精神分析在某種意義上變得不可能了。如此背景下，再將壓抑、昇華等精神分析概念直接運用於文本的路徑肯定難以通行，但精神分析的巨大遺產又呼喚研究者進入它所揭示的人類深層精神結構，並將此結構與詩以及藝術這樣的創造性行為相連以趨近藝術之符號化的界限。

正是在精神分析與廣義詩學（文學理論、符號意指法則）的結合方式亟待重新思考的趨勢下，當代荷蘭文論家米克·巴爾（Mieke Bal）展開了對精神分析詩學的一系列討論。1984年，米克·巴爾受邀為著名刊物《詩學》（*Poetics*）組稿一次「精神分析詩學」專題，並撰寫〈精神分析詩學〉一文作為導論，勾勒精神分析對當代詩學、符號學的可能切入路徑。巴爾首先回顧了研究者對運用經典精神分析場景來闡釋文本的諸多懷疑，其中很重要的一點是，在闡釋實踐中，精神分析似乎總是主動採取了分析師的位置，而文本則毫無例外地成為亟待分析的病人，於是精神分析文學批評在初期無異於一門文本症狀闡釋學。

但是這並不是唯一的結合方式，實際上精神分析詩學——因其符號學傾向與精神分析文學批評相差異——遠不滿足於成為精神分析在詩學（文學理論）中的一種無條件運用，這首先因為精神分析本身就是不穩定且有疑問的，而且精神分析詩學也不應

成為精神分析的文學化變體，它乃是文學被精神分析「接通」之後的話語性反應，本質上屬於詩學，它是「關於文學的一整套話語，被當作知識來使用，與精神分析形成一種信息的關係。」這種信息交流無疑是雙向的，正如巴爾援引費爾曼對理論過度干預文本的擔憂，精神分析與文本之間其實「並不是主人和奴隸之間的關係」，因為「該信息並非是先天地可接受的東西，它也不是一種直接的主－客體關係」，精神分析作用於詩學之後完全有可能就詩學得出「歧向的陳述」。

　　由於詩學對精神分析的抗拒的可能（修改或拒絕它的前提，改寫其概念的理論內涵，甚至抹除其邊界，如德勒茲與瓜塔里反精神分析的「游牧詩學」），精神分析詩學不再僅僅滿足於錨定精神分析諸概念（無意識、壓抑、昇華、憂鬱、自戀）對詩學的相關性並加以無反思的利用——如此利用不過是不同知識類型之間的相互確認，對雙方均不構成有效介入。實際上，在米克·巴爾稱之為的「類比模式」的主導下，早期精神分析批評滿足於在文本中尋找精神分析暗示的個體發展史中的「故事」或「案例」，例如分析《哈姆雷特》一劇中的俄狄浦斯慾望、亂倫禁忌、僭越等，此方法的出發點不是文本，而是這些「案例」的心理學、人類學或社會學價值，在這種類比模式中，文本不過是精神分析的某種寓言。隨後的精神分析批評，巴爾認為，放棄了這種缺乏文學性的分析而轉向文本與精神分析理論之間的類比。研究者嘗試將文本讀作理論自身的敘事化或「戲劇化」，從而將壓抑、移情等精神分析概念揭示為內在於文學經驗的東西。這後一

種方式的好處在於它兼顧了文本的豐富性與理論的解釋度。這兩種解讀模式雖然極富闡釋力且在文學批評中實踐頗廣，但在米克‧巴爾看來，仍局限於理論與文本的相互印證，基本上是不可證偽的，而且也無法給予精神分析和詩學任何「新增的知識」。

那麼如何設想一種結合或切入，使得精神分析能夠不去化約文本，反而就文本的豐富脈絡進行開啟性的言說？米克‧巴爾提出，研究者首先可以嘗試「具體化模式」：「它將精神分析當做一門探照理論來使用，讓閱讀與文本中的某些細節特徵被精神分析概念所照亮或解釋」。這種方式力圖避免知識之間的相互確認，強調相互作用，文本閱讀不僅展示精神分析已經發現的概念，它更加暴露自身如何「在精神分析使之理論化的那些問題中去存在」。如果說類比模式總是已經將文本化約為幾個單一概念之間的關聯──巴爾認為類比模式總是「總結性的」──那麼具體化模式則以精神分析概念來趨近豐富而具體的文本，使之呈現為問題化的符號意指過程而非某個既定結論實現後消失的中介。重要的是從被精神分析理論照亮的那些文本細節入手，弄清它在敘述和意指活動中的作用，該作用很有可能是創傷性、打斷性或顛覆性的。也就是說，具體化模式以精神分析來理解文學裝置的運行並把後者揭示為具有符號創傷力的意指過程，於是，文本細節不再是主導敘述框架內毫無問題的部分結構，而是將自身凸顯為與對該細節的眾多閱讀方式相牴觸的堅硬內在──「符號真實」之湧現。

雖然具體化模式極大地兼顧了文本的文學性，但它也不是沒

有問題的，它很難將自身的重要性與別的探照理論的相區別，例如巴爾提到的人類學或猶太教《塔木德》闡釋對文本同樣具有高度「照亮」功能。在與別的學科交叉中，精神分析似乎沒有獨一無二的闡釋力，實際上，具體化模式仍然遵循著闡釋學的邏輯，或者說，它只是把精神分析「闡釋學化」了（實際上佛洛伊德自己就是這樣做的，致力於符號象徵意義的解讀，以精神分析來闡釋文學，而不是反之，以文學的真實之湧現來闡釋精神分析）。在這種背景下，米克·巴爾進一步提出「符號學模式」，以避免前述幾種模式以精神分析信息來擴展詩學內容的單純做法。符號學模式放棄了從精神分析到詩學的單向信息傳遞，不再以精神分析為理論框架來闡釋文本，而是力圖將精神分析關於無意識、語言、主體等觀念的理論化導入文本的符號活動。它將研究者的注意力從經典俄狄浦斯結構轉向無意識的蹤跡以及「無意識擾亂連貫性的那些方式」，「矛盾與不連貫之處」以及「它們與文本意識層面的連貫性陳述的地位關係」。如此方式，巴爾認為，不僅可以展開文學議題的討論，還能重新思考言說主體面臨的困難。

巴爾所提及的這幾種模式都不同程度地切入了拉岡稱之為的「真實」，那抵抗符號化的人類經驗領域。真實，在拉岡精神分析中，恰好是在話語的不連貫與矛盾之處被識別的。特別地，具體化模式與符號學模式均對精神分析與詩學之間新的連接方式有所開創，它們摒棄了類比式連接，能夠對精神分析理論提出某種修正，例如，巴爾指出，在對拉岡「凝視」的藝術性討論中，研究者能夠擴展被拉岡忽視的性別差異下的主體視覺場的不同構

建。於是，這兩種模式不僅力圖闡明符號意指的一般過程如何已經涉及了心理過程（未言說之物），它們還能指出這些過程中的看似不一致之處所潛藏的真理，而這些真理必須通過符號化／詩化扭曲之後方能現身。在這樣的結合方式中，詩學與精神分析不再是言說與沉默、被分析者與分析師的關係，而是進入了相互補充、給予的雙向激活。

▎謝閣蘭與異域感知

　　法國詩人謝閣蘭（Victor Segalen）的全部努力可視為對異域感知能力的探索與理論搭建，他嘗試將韓波和米肖只是感性地觸及到的異域詩意組織成某種論述，但同時他又意識到異域感知這個問題本身抵抗著系統化的歸類，於是這種矛盾意識的運動最終成為《論異域性：一種多樣的美學》（1955）這本始終處於籌劃之中的書。出於意識之極限體驗的衝擊，美學問題在謝閣蘭這裡脫離了可感與概念，顯現與本質，交流與移情等傳統意義上的劃分，走向了美學這一傳統哲學分支之外的創傷之物。謝閣蘭從不同角度切近異域事物，剝去旅行者附加其上的膚淺印象，嘗試原初地、親密地感知它，將它帶入與多樣性觀念的相互作用中，並且提出異域性與多樣性本質相關的可思考之綜合命題。

　　我們將重新探入這一綜合過程之核心並對這場哲學內部運動做出評價，謝閣蘭的意義並不僅限於對後殖民他者之論述的啟動，感知他者的特殊方式實際上先於他者這一觀念本身的構建。謝閣蘭將他者以及差異視作感知的結果而非原因，他認為之前的旅行作家（洛蒂、波納丹等等）沒能真正地感知他者，因為從他

們的寫作中，我們看不到異域之物對書寫者內感知之和諧秩序的打斷，旅行作家將自己定位於報道異域事物的安全地帶，他們還不是謝閣蘭稱之為的異國者（Exot），有時他們乾脆被歸入偽異國者之列。以謝閣蘭的尺度來衡量，他們似乎並不缺乏呈現所謂異域之物以招攬讀者的本領——他們書裡充滿了棕櫚、駱駝、黑皮膚等異域描述，他們所缺的是在此時此地仍作另類觀想的超越能力，他們遲鈍的知覺體察不到異域之物對感官自身的分解，因而無法進入多樣態事物引發的觀念之間的穿梭遊戲。

異國者乃是有著超常感知力的旅行者，他們在異域對象中體認不可化約的多樣態（Divers）或者異域性（Exotisme）的自體分殊。比如他們能看到同一對象截然不同的兩部分，或以點石成金的頓悟方式將一片看似普通的田野感知為充滿慾望和欣喜的景象。異國者在旅行中對先天敏感的資質加以提高性訓練，直到能在任一異域之物中辨識相互差異的面向並在那裡停留、深入、浸潤。

從詞源上看，謝閣蘭眼中的異國者與詩人特拉克爾（Georg Trakl）所指稱的大地上的異鄉者或陌生者（ein Fremdes）呈現跨語境的相互闡釋之可能。fremd 源於古高地德語 fram，意味著「往前走」。在海德格的解讀中，異鄉者並不是「漫無邊際地亂走一氣」，他聽從了家園的召喚，已走在通往它的路上，靈魂「在漫遊之際遵循著自己的本質形態」。特拉克爾在大自然的漫遊中感到了一個早於自身的精神的降臨，同樣，謝閣蘭在熱帶地區的旅行中也體驗到日出時分難以言明的喜悅。與普通旅行者不

一樣，異國者所追尋的並不是另一場日落，而是感覺本身的錘鍊，他們在向前的旅行中有一個明確的目的，即尋求感知與客體相交接時的未知的敞開的欣快。

於是我們看到謝閣蘭的旅行－哲學斷片如何在康德、叔本華、尼采、克洛岱爾、克魯阿爾、戈蒂耶、吉卜林、《吠陀經》等先行論述中試探著「往前走」，試圖錨定主體、客體、感知、風格這些複雜議題於此時此地的交匯。謝閣蘭在中國內陸旅行的同時仍然沉醉於西方哲學傳統下的思想冒險，這足以顯示他作為「世界公民」的素質──我們暫且放下這個短語的後殖民意指，因為所謂的「殖民性」在謝閣蘭這裡並非異域性的構成元件，他更關注感知的問題而不是文化的建制，殖民文學與殖民地辦公室同樣令他倒胃口。異域性大過了殖民地的政治、經濟、文化等級制度所擬定的凝視式異域想像。在謝閣蘭看來，異域性完全可以去除「地理」的因素。謝閣蘭設想的異國者有能力在一個虛構的文本中完成對家園的出離而無需趕到地球另一邊，於是旅行的必要性就在於異域之物對感知者的持續搖晃、分化的功能，感知者自身捕獲從感知之物中分離出去的一部分。交互性感知將感知之物的屬性轉移並灌注給感知者，使得後者在直觀雜多的層級映射中重新擁有了對多樣之物的精細感知。

與那些自我標榜的偽異國者不一樣──他們以旅遊的名義玷污了異域之物，他們只能毫無想像力地拓印對象之影像，其僵硬的再現主體性無法從根本上設想或重塑異域之物，本真的異國者在感知客體的同時一並感知了感知本身的敞露。他的知覺撤回到

意識的歷史發端處，於此細心體味某個視覺對象——如一座古代中國石碑——在感知內部激發的歷時性震盪，在這樣一個回饋過程中觀看的「我」被異域之物重塑為另一個感知的「你」。換位之後的感知主體不僅可能反觀自身，它更期待異域之物不確定的衝擊所引致的自體一致性的動盪。本質的自我在個性的層面上固然持存著，這是獨一的異域感知的先行條件之一，但感知的結果不再是主體的事實性確認（我感知故我在），而是一種恍若隔世的「我可能不在」的存在自身之驚訝與落差感。

在1908年的一則日記中（該書以日記和書信形式記錄哲學討論的風格恰好「述行」了書寫之異域性），謝閣蘭告知閱讀克洛岱爾散文時的感受：「這種富有節奏、密集、平穩的十四行詩般的散文所透露的那個位置，必不是一個感知的我……而相反是周圍環境對旅行者，異域之物對異國者的召喚，後者穿透它，襲擊它，再度喚醒它，驚擾它。熟悉的『你』將佔主導地位」。第二人稱敘述的一個功能即是將讀者變成故事的一部分，出於言說的親密要求而邀請、安排讀者進入事件的鏈條，讀者佔據了一個通常保留給敘述者的位置。從「我」之所見至「你」之所見的轉變，一方面回應了富有生機的周圍環境對觀察者的質詢，他從自身的對面觀看自己並記錄自身在場對環境的影響以及該影響再度反射入主體意識的結果。另一方面，人稱的轉換啟動了自我的認識碎片朝向另一個未名身分聚攏的過程，這個身分因對客體的異域感知而捕獲了另一個更大的構型。在謝閣蘭這兒，世界不再如印象那樣一勞永逸地刻在旅行者的心靈白板上，世界的構成積極

地依待觀者對它的感知、設想、激活。

設想（concevoir）在法語中也指「懷孕」，它與感知（percevoir），理解（comprendre），思想（penser），抓住（capter）等概念具有本質關聯。感知對未知之物的母體般的承受與孕育乃是觀念、思想產生的先行條件。這就是為什麼謝閣蘭在開篇時提出「反證」、「反拓」之說，因他感到之前的異域旅行者僅從自身角度記錄了所見所聞，他們經歷了未知事物對自身的衝擊，但未能完成主體意識的改觀，他們尋求的仍是笛卡爾至康德以來主體的確在明證，而這正好阻擋了主體分化後的潛力進入異域之物的可能。謝閣蘭說，「異域性不僅在空間中被給予，它同樣依待於時間。此處可以很快定義並暴露對於異域性的感覺，它不過是差異性的觀念，對多樣性的感知，認識到有的東西不同於我自身；異域性能力正好就是別樣地設想的能力。」別樣設想的當下異域性既是對康德統覺論的偏離，也是一次從現象學本質直觀中分離出去的冒險行為。

此處我們不必過快地將謝閣蘭的構想與德希達、列維納斯等當代哲學家的差異觀念相等同，謝閣蘭所說的差異性或多樣性更多地開啟一個前倫理的美學區域，雖然從解構來看該區域是否獨立存在還值得進一步思考（解構哲學傾向於將其視為書寫的一部分）。解構對傳統二元論的批判似乎沿襲了謝閣蘭對康德哲學中二律背反的一個較為欣快的解決方案：在相互對峙的概念之間我們無需做出選擇，因此種對比張力恰好構成審美之美感賴以在其中分級變化的基礎。謝閣蘭建議以感知的狀態代替對事物的極

性化認知：「在認知狀態的邊緣，創建感知的狀態，不是虛無主義，也不去毀滅。」物的多樣性於感知的多樣性中得以保全，先驗統覺在完成綜合之後不斷抹除的雜多在謝閣蘭這裡被提到了亟需拯救的高度。

謝閣蘭承認他無法像康德那樣思考了，他厭倦了「枯燥的綜合」。海德格對康德統覺論的一個簡短評述道出了「多樣／雜多」（Mannigfaltigkeit）在康德哲學中被壓抑的狀況：「為了使被給予的『雜多』即這種多樣之物的河流得以站立，並因而能讓一個對象顯示出來，多樣之物必須被規整、亦即被聯結起來，但這種聯結決不能通過感官來實現。按康德看，一切聯結皆出於那種被叫做知性的表象力。知性的基本特徵乃是作為綜合的設定。」康德知性籌劃下的直觀素材無法作為經驗知識而獨自站立，它必須被知性綜合成關於感覺的判斷才能成立。然而，康德並非否認經驗素材在認識中的原初給予性，我們對一物的直接知覺很大程度上決定著我們能擁有的關於它的知識。例如關於磁場的感知，康德設想，「如果我們的感官更精細一些的話，我們也就會按照感性的法則和我們知覺的連貫性而在一個經驗中碰到對這物質（磁力）的直接的、經驗的直觀。」但很多時候，我們粗糙的感官根本到達不了這種對不可見力的經驗直觀。康德注意到了知覺先行於概念的可能，但他很快轉向現象與本體的區分，正是在這個區分面前，謝閣蘭扎下一個永久的營寨，使他脫離康德的理性化進程。如果自在之物沒有躲藏在多樣之物背後，如果自在之物就是多樣性（Mannigfaltigkeit）又會怎樣？謝閣蘭對康德

的知覺論回應如下：「異域性並非對某物的應適；也並非對我們自身之外某物的完美理解，儘管我們想完全擁抱它，它乃是對一種永不可理解性的敏銳而直接的感知。」

　　理性可理解的事物，例如對立的概念，只能作為激發異域性的兩個電極；如果我們將理性的二律背反與異域性做一個聯結，那麼這二者正好呈現為相對概念的兩極與兩極之間分層譜系的包含關係：「從字面來理解，如果我們相信詞語，那麼異域性將被二律背反極大地強化。概念不僅不一樣而且截然相反！如果趣味因為差異而變濃厚，那麼還有什麼比不可化約之物的對立，以及永恆的反差帶來的衝擊更有興味？」謝閣蘭此時提出的極性問題後來被現代藝術加以更直觀的表達，例如馬列維奇的《白底上的黑色方塊》（1915）與康定斯基的《在白色上，二》（1923）。與至上主義藝術家不同的是，謝閣蘭將黑與白的對立視為「僵硬」、「枯燥」，他認為我們恰好不必以極性顯現的方式去把握事物的內在，黑白兩極間有著更多的層級變化依待我們感知的觸及。辨別事物的極性只是異域性產生的一個較為粗重的條件，謝閣蘭認為更為精細的方式則是主體與客體中的某一部分融合，然後與客體的另外部分撞擊出一種在主客兩方面皆不可化約的多樣性。分化後的感知細流從先驗主體的綜合統握中溢出，進入異域客體並返回以改變自身的形體，這是一個不斷運動的樣態分解過程。謝閣蘭提醒康德的當代讀者，異域之物是無法從先驗統覺的範疇上去把握的，因異域性誕生於在前綜合的直觀水平上確然地獲知精神與物質的可逆性，從而將這兩個概念放置入書寫的遊

戲。與這種感知伴隨的，乃是觀察者的有限意識被帶入異域之物無限敞開之中的危險的愉悅。

　　歸根到底，這是一個純粹的釋放想像力的要求，也是一個近乎不可能的要求，它將感知者與書寫者置於與客體交接時的極限體驗。這不僅是感性與概念的對抗，而是兩者間的距離被更大的一個異域現象場同時包括。僅將對立面呈現出來是不夠的，還要在吸收對立面之不可能性與感知敞開之可能中間持續地反射。感知主體的分化與客體的對立面分化同時發生，異域性才能迸發出來。「讓我們不要因為同化了與我們相異的風俗、種族、國家以及其他人而恭維我們自己。相反，讓我們因為做不到這一點而欣喜，我們由此保留了感受多樣性的永久的快感。」儘管謝閣蘭關於異域感知的論述借用了康德哲學與心理學，但他在二十世紀初提出的異域多樣性的美學仍對當代產生持續影響，胡塞爾與梅洛－龐蒂之後的感知論繼續探討意識與物世界的多重交織構型。也許我們不必如謝閣蘭那樣哀悼現代技術世界中異域性的衰退，因為這始終是一個感知對異域性的確立問題，但我們大可同他一道因為我們自身的多樣而喜悅，意識到這一點才能更為原初而精細地感知物世界的多樣。

內向眼

█ 一個人的烏托邦

　　看著歷史上的烏托邦一個接一個地崩塌，讓位於全球資本主義，我們何時才能最終治癒對烏托邦——聖經中伊甸園的殘餘之像——的渴望？對尼采這樣的激進思想家來說，進步只是一個幻覺，而人類的可完美性也出自個體的覺醒，不像是一場啟蒙運動的結果——先知查拉圖斯特拉在市集上遭到了眾人嘲笑。在當代，烏托邦更像科幻小說而非歷史的必然。如何去談論烏托邦，而同時不遭到左右兩派的嘲笑，這確實考驗一個學者的闡釋學想像力。寇汀（Joshua Kotin）的「非國家」（nonnational）研究著作《一個人的烏托邦》（*Utopias of One*），通過將梭羅、杜波依斯、曼德爾斯塔姆、阿赫瑪托娃、史蒂文斯、龐德和蒲林恩牽涉入各自的世界歷史性，滿足了我們對於美學政治、獨立思考的烏托邦式需求，同時又避免了把這些衝動導向對（通常是虛幻的）「更好的世界」或「新人性」的種種鬥爭。寇汀失望於「那些只把烏托邦文學當作社會批判工具的批評家」，便著手審視以下這種自相矛盾的行為：以寫作創造自己的烏托邦，這乃是對一個已失敗或正在失敗的烏托邦式國家的合乎邏輯的回應。寇汀在書中

研究的八位作家，再加上在結論裡出現的狄金森——她向不確定的「兩個人的烏托邦」發出了邀約——儘管結局迥異，都參與了不可能的、甚至是自我毀滅的寫作計畫。正如寇汀指出，這些寫作計畫「在道德上總是充滿曖昧」。

　　以梭羅的《瓦爾登湖》為出發點，寇汀的議題並不是梭羅如何頗成問題地標榜自力更生，以批判他同時代的美國生活（時尚、鐵路等等），而是梭羅如何創造出了一個不透明的「一個人的烏托邦」，不斷抵制、過濾外界的噪音。為實現獨立自主，梭羅必須反轉政治烏托邦的邏輯：與其行更大的善，我們首先應避免較小的惡。梭羅對自己非暴力反抗行為的看似隨意的描述，不過是強調個體從而淡化政治的一種策略。借寇汀的話：「梭羅的監禁只不過是一場中斷，而非施展英雄主義、改革、教誨或個人魅力的機會，《瓦爾登湖》的敘述省略了梭羅被捕及其後果的複雜的社會性。」寇汀熱切地挖掘出梭羅為了使瓦爾登湖成為他自己的瓦爾登湖而故意淡化或遮蔽的東西：政府、社會、家庭、朋友（愛默生）、包括塞瑞恩（Alex Therien）、菲爾德（John Field）、錢寧（William Ellery Channing）在內的對話者、女人以及性滿足。梭羅的烏托邦看來是一個被極度清洗後的烏托邦，我們既不能分享它，也無法模仿它（儘管梭羅有許多現代信徒）。無論如何，當政治烏托邦失敗時（奴隸制盛行，迫在眉睫的美墨戰爭，水果園和小溪農場等烏托邦實驗的失敗），我們這位隱士確實建立起一個非典型的範式以計畫他自己的烏托邦。換言之，寇汀為我們描繪了一個在「誤托邦」時代仍然實踐烏托邦的梭羅。

然而，隨著寇汀專書的推進，他的主人公們越來越糾結於一個個特定的社會政治條件，而他們的烏托邦也變得比梭羅的版本更具風險。曼德爾斯塔姆和阿赫瑪托娃的案例為理解烏托邦的悖論提供了一個有趣的「蘇聯視角」。在本書第二部分，寇汀回顧了曼德爾斯塔姆著名的〈斯大林諷刺短詩〉（1933），又名〈克林姆林宮裡的山地人〉，該詩最終導致了詩人的死亡。寇汀並非簡單地把這首詩讀作對斯大林主義和蘇聯烏托邦的批判，然後宣稱它的「自由價值觀」，相反，作者考察了這首殉道詩的俄文原版如何調動與政治宣傳相似的形式與修辭上的效果。寇汀認為，曼德爾斯塔姆殉難的決心，使得這首詩在倫理上難以撇清，正是「純潔」玷污了該詩。曼德爾斯塔姆後來的〈斯大林頌歌〉（1937），且不論其形式主義之延續，同樣充滿不可定性：我們難以判定詩人到底是在讚頌還是在諷刺斯大林。因此曼德爾斯塔姆的「一個人的烏托邦」，看似獲得了美學上的獨立自治，實際上複製了「純潔／不純潔」的蘇聯烏托邦的二分修辭，於是顯得岌岌可危。它並不能構成一個外部，而只是總體性內部的一道裂縫———一個充滿希望的裂縫罷了。在接來下的〈阿赫瑪托娃的共謀〉一章裡，寇汀進一步將阿赫瑪托娃的形象放置入蘇聯政治與冷戰意識形態的渾水中，複雜化了詩人的面相。阿赫瑪托娃被許多讀者視為聖人，然而頗有爭議地，寇汀認為阿赫瑪托娃不同於俄羅斯詩歌中的聖母瑪利亞，為了在蘇聯式烏托邦的偉大戲劇中保持自身的正直，她不得不訴諸於某種「對自身權威的顛覆」。從〈安魂曲〉（1935-1940）到〈沒有主人公的敘事詩〉（1940-

65）的風格轉變見證了阿赫瑪托娃的艱難掙扎，她想要清晰有力地表達出那個時期她與許多俄羅斯作家所遭受的人性苦難。當然，最重要是記住：在與權力對話的同時，「不要試圖去奪取權力」。

該書的其餘部分論述了三位英美詩人（史蒂文斯、龐德、蒲林恩）的烏托邦努力，他們以犧牲共同體利益為代價創造出獨一的價值：史蒂文斯在追求冥想實驗的過程中，為解決自己的形而上需求而犧牲了共同體；龐德和蒲林恩在對中國表意文字和東方詩學的古怪（如果不是完全自我中心式）的實驗中，對讀者提出太高要求（比如學習中文）。從梭羅到史蒂文斯，先前關於政治和審美自主性的一切討論都在蒲林恩的一首中國詩面前煙消雲散。1992年，彼得・賴利（Peter Riley）在英國劍橋出版了一系列詩歌小冊子，其中蒲林恩的〈結伴覓石湖〉以精美的書法完成，還蓋上了作者權威的簽章——足以充作一首唐詩或宋詩了。為了理解這種美學奇葩，寇汀建議：「我們可以學習中文」，仍不清楚的是，這種由中國人開拓的東方美學維度如何與西方的自由／共產主義之辯論形成一個邏輯連接。然而，正如寇汀在最後一章裡闡述，蒲林恩以及龐德的烏托邦努力確實打斷了「實用」與「激勵」的文化機制，向英語讀者們展示了其寫作系統之外的可能性，雖然這個展示看起來如巨石般難以理解且時空錯亂。

寇汀的《一個人的烏托邦》具備全球視角與本土細節，遙遙回應了漢娜・阿倫特的〈獨裁統治下的個人責任〉（1964）與薩依德的《文化與帝國主義》（1993）。它開闢了一條新路，即把

一個作家的烏托邦立場視為一種政治反抗的形式，儘管個人選擇的後果千差萬別。該書對烏托邦文學的讀者和研究者具有極大吸引力，也將對帝國研究產生深遠影響，如果我們把美國和中國作為「不朽的」烏托邦的兩個實例，那麼這本書敦促我們以自己的方式回應其可疑的總體效力。

《山魈考殘編》與另類生命

　　有多種途徑進入黎幺的小說《山魈考殘編》（潑先生出版，2015），可以是神學－哲學（創世論、一元論、生機論）、魔鬼學（神祕主義、影子學）、民俗／神話（與《山海經》等東方典籍的想像性呼應）、敘事學（第二人稱敘事、鏡像人物關係）、語言學（魖陰人對文字符號的物性感知、魖陰語的演化）、人類－生物學（山魈／魖陰的變化史）以及寫作倫理（魖陰作為黑暗書寫者，寫作之「盲」性）等等。這些可以任意展開的路徑，經由《山魈考殘編》中虛構人物對《山魈考》這本虛構的殘缺之書的側面「重建」，無一不通向被引語、轉述與殘篇所暗示的某種原始世間生命；每一條解析路徑都可能延伸入別的領域以給予這個生命以新的揭示。實際上，《山魈考殘編》的文本構成對所有這些好奇的探尋同時發出邀請，因為它並不如一般意義上的受情節與人物驅動的小說——顯然受納博科夫和博爾赫斯的影響——它更像在某個龐大有機體的多個層面之間同時展開的對生命之形式的考察，或者準確地說，對不具有既定／一般形式的生命的考察。

為展開討論，我們可以將《山魈考殘編》中沒有直接提出來的問題重述如下：赤裸生命與生命政治之先的生命是怎樣的形態？如何從神話與起源中分離出山魈／魑陰的非生物學意義上的生命形式？如何設想某種有別於以精神、靈魂、細胞為基礎的另類生命，某種僅僅依託於生命之概念的「生命內之生命」？如此生命可能恰好是被當代生命政治與生物學研究所忽視的一種至關重要的形態，因為這兩者總是在主權與細胞這樣的要麼至上而下「過度決定」、要麼至下而上「過度還原」的基礎上展開的生命闡釋。當然，目前也有從生命之概念突破的嘗試，例如尤金・沙克（Eugene Thacker）的《後生命》（2010）一書，就試圖充分解析並由此繞開西方對生命的主導性觀點。沙克重新討論了亞里士多德的《論靈魂》，從中提取出生命（而非靈魂）本體論的論題。沙克認為，迄今為止人們對生命概念的探索總是已經藉助了諸如神性、精神、靈魂、運動的別的原理，有必要重返生命概念之源，對賦予生命的「生命內之生命」做出說明——亞里士多德稱之為 psukhē，賦予生命之物以生命的東西，活力之原，它在中世紀哲學中被神學地闡釋為受造物的「靈魂」。沙克建議將 psukhē 恢復至它的原初含義：一種總是已經從單個生命體中溢出的、橫貫一切生命形態的質，它能毫無困難地從一種形式轉變為另一種，也能不具形式地抽象地被思考，它應稱為「大寫的生命」（奠基所有生命形式的生命概念），與「活的東西」（這個概念得以實現的具體特例）相區別。

　　從生命之原始概念出發，我們發現《山魈考殘編》的大膽

與奇異之處即在於，它在哀悼（人的）生命的巨大的易逝性的同時，又將此易逝性鏈條追溯至它近乎神話的起源，從這個起源處來理解世間生命流變的時間性。它以虛構與猜想來探索時間中「活的東西」本體上到底是什麼這個看似只能哲學地或科學地來研究的問題。在始源創作之力與理論態度的有效結合中，黎幺得以突入生命概念與生命之實現之間的空白，將「人」寫入其可能具有的特殊生命形式，從而將人的生命揭示為本質上的「另類生命」，一種拒絕納入既定形式／形體／身體的不斷流溢的質，該同一質感染了小說中生活於不同時代的虛構人物，在他們身上獲得「顯影」（借用黎幺關於同時代的說法），使之成為魅陰因子的各種表現型。首先，我們可從亞里士多德與尤金・沙克的「大寫的生命」（活力之原）來理解魅陰這個種族，他們雖缺乏固定形體，僅是一些具有人的輪廓的、永恆地從符號向身體轉化中的人，但他們強大的生命力（例如吸淨毒血後才被允許交合的五代玄祖，被山魈吞下後又吐出的四世祖）卻橫貫並充滿了現代哲學意義上作為身體與思維統一體的人──後者所謂「百年一響」的歷史與文明，從設定的起源處看，則「全部混在神靈降下的一陣濛濛細雨中」。換言之，現代意義上的「人」只是基因學上的一個恰好被實現的內在生命之個例，自然對人的選擇並不是不可逆的，人在這超大時間尺度的「濛濛細雨中」完全可以具有另外的形體特徵與知覺結構，「人」所命名的或許正是另類形式相聚集的生命（魂的一切具現、鬼的一切變體）。

實際上，《山魈考殘編》充滿了對差異於正常感知下「活

人」的生命形式的想像與描述，例如「雙眼如沙漏，或連成一體，或上下排列」的人，〈祕密的決鬥〉一章中變形的「巨大化」的感知，據作者透露，旨在「實現對局部的、個體經驗的宇宙化、神靈化」。更為連貫的另類生命傳記則出現在〈最後一位魃陰人口述家族史〉一章，它記錄了某魃陰先祖如何被迫飲下奇藥，感官消失殆盡，只餘嗅覺，且異常靈敏：「他像一隻寒武紀海洋中的草履蟲，嗅見嚴寒與疼痛，嗅見鋒利，嗅見殘忍的與猥褻的詞語，嗅見妖魔的抽象。更進一步的，他嗅見了自身生而為人的另一種輪廓」。在返祖退化過程中，此魃陰人的嗅覺變得如此敏銳，足以從原始生物單一知覺的放大化來體驗人的生命實在；此時，他並沒有脫離存在之鏈（他還活著），但他卻失去在該鏈條上「應有」的位置，帶著被極端地更改的感官功能滑向生命之起源態。類似的視覺印象不絕於此（《山魈考殘編》乃是一本純粹的可視之書），書內幾幅插圖更令人不安地呈現吞吃符號的一組器官，眼睛，舌頭，彷彿閱讀是一種純物質反應，這符合亞里士多德定義的生命第一特徵——植物特徵，「攝取營養」。如果按黎幺在小說中某處所言，「人」不過是對由菌類、植物、動物這三種生命方式組成的複合物的一次命名，那麼可以推論，人的生命與這三類生命體的生命並無質上的差異（意識只作為強度、量的區分），唯一的區別是，如果生命原則（活力之原）本身是匿名的，「人」作為一切生命之物中最接近生命起源真相的物種，唯獨「人」可以匿名，此即人的「神性」維度。

　　這就是整個《山魈考殘編》為之旋轉的主軸之一：「一種

未被命名的神性」，雖然我們傾向於將此神性讀作且僅僅讀作匿名生命原則，該原則穿透所有生命形式，激活它們，自身卻不可還原為任何一種形式，它超越形式——尤金‧沙克在某處稱呼它為「至高的生命」，它「不是有限的，永不枯竭」，雖然在宗教語境中，此原則貫穿了神性，但它絕不是任何意義上的神，也不具有創造意志。進一步說，我們可以將該原則視為《山魈考殘編》中（以神靈的名義）被壓抑與錯置的基底，也許這就是為什麼在該小說中，「魈陰」與「基因」同音，書中某位虛構的評註者將「魂」（生命原則）直接認作基因，它與作為法則的「靈」（創造原則）相對。魂／基因的重要性並非在於它對生命過程的決定，相反它必須借由選擇之不確定性，才能在後代身體上起作用，例如在隔代遺傳中，某種基因特徵的出現並不是必然的，它可以隱沒很多代，然後再出現。於是我們能理解為何魈陰人不確定地出沒於歷史，據書中虛擬考證，魈陰在《清明上河圖》與太白圖卷裡都曾現身，他們曾與多個部落混血，居無定所，四處漫遊，有著「無數種死亡的可能」。如此描述中的魈陰種族，作為生命質在人之形式中的流溢具現，已接近最小粒子的魔鬼般的非定域性。然而魈陰並非主動隱沒，他們只是難以追蹤，正如難以追溯能夠定義人的基本單位／形式，其中很大一個原因是這個形式的自行演繹（魂的播撒）與世界秩序的形成（靈的運行）似乎不具有同一性。也就是說，人們一般認為的靈與魂的同構性，實際上已經預設生命現象與世界秩序的同一，《山魈考殘編》所剖開的正是靈／魂肉身化之扭結，它揭示出無法進入先在世界秩

序、比「赤裸生命」更赤裸的生命。

那麼，「魂」這四處漂移的生命密碼的最小單位，與「最大」的創造之「靈」處於怎樣的關係？一種可顛倒秩序（書中以沙漏暗示）的生命是怎樣的？我們認為，此處有必要與新柏拉圖主義對流溢之源的「一」的設定（以及類似的一元創世論）拉開一個距離，無論是（聖）靈還是全一都並不必然地先於基因／生命質。如果我們取消生命原則的事實性（世上有生命形態、且有人作為生命特異形態這個事實），靈是無從得到理解的，靈只能激活類僵屍。黎么在書中給出過一個有力措辭：每個人都是「一本肉質的聖經」，這句話將靈與生命質以奇怪方式結合，字面義上的理解也許最恰當：靈總是已經生命質化，創造原則總是已經生命原則化，肉身可以不需要靈（小說中溥儀講述的「皮囊複製品」提供了這樣一種可能性），但靈無法不纏繞、進入肉身或生命質——從這些皮囊複製品的灰燼中開出一種可怖的會尖叫的花。靈／魂轉世被戲劇化為「後生命」（失去形式的生命）的附體與基因進入。《山魈考殘編》其實並沒有設定某一個至高的神作為生命流溢之源，相反，我們看到生命原則本身如何構成一種內在流溢，它無需源自某個創造的神，它自身已被（作者無意識地）設定為神：生命原則能夠且一直在自行差異出生命實體與內涵，它與大寫的創造之神（如果真的有）一樣古老。

毋庸置疑，《山魈考殘編》受到泛神論與泛靈論的極大影響，它試圖在一切中追索那賦予生命的超越的「一」，它幾乎就要相信這個「一」存在，「幾乎以假亂真，反客為主」。這正是

該書極為吸引人、甚至令人產生錯覺的地方：它使用一元論或泛靈論的方式是「虛構的」。換句話說，作者意識到這個「一」，如果存在，也是無法進入的，它是「一隻封口的罐子」或根本沒有「開口」。然而，魃陰卻是「傷口中的居民」。魃陰源自超越的「一」嗎？也許。當我們從生物進化的末端回溯生命起源時，似乎必然遭遇神話，或者我們應該從根本上放棄一元論，承認生命形式的絕對不可通約性，這樣我們又會面臨思考這些絕對相異形式的困難。我們需要某種中間性，以達成對生命概念哪怕最微弱的一點理解。就《山魈考殘編》而言，它顯然大量給予了「一」的神話性存在（尤其最後一章〈山魈考〉），但作者似乎並不僅僅想宣稱一元／泛靈論（一切在「一」中被靈激活），他的重點在於解釋（人的）生命繁衍的某種地下規則，某種「不均衡」的產生，也即生命的遊戲是如何自行開始並運作的。

魃陰既代表賦靈給人的內在生命原則，同時也是這原則在人身上的最原初與最直接的實現。魃陰人似乎是一些被自己的魂（基因）附身的人，他們過於強大的魂（神話般未經稀釋的生命原則）以難以理解的方式充滿了身體的各個神經末梢，也充滿了機體運動性與表意性之間的裂隙，身體——如果他們真的有身體——完全顯現為魂（生命原則）的外在易變狀態。這是關於一位魃陰獵人的描述：「在額頭以下，在一條引著露水淌過鼻梁的凹槽內，深埋著一枚骨質的蝴蝶，在蝴蝶的雙翅之間，潛伏著一匹獵豹，被鮮血染紅的利齒剛剛洞穿了一隻角羚的咽喉。」這是關於四世祖臨終前的描述：「自那夜起始，四世祖的日月與星辰從

頭到腳、由印堂至湧泉，向著他生命的地平線如暴雨般飛快地滑墜。我的祖父親眼目睹他的父親在幾個晝夜間，膚色由蒼白轉為蠟黃。幾個月之後，在去世的前一晚，他周身的皮膚終於如初生那夜一般黑如墨色。」同時我們再比較一則魅陰寓言：「一則警世寓言在魅陰人中代代相傳，說的是曾有人為圖方便，出門時沒有隨身攜帶足量的發音工具，正好遇上一個朋友，與他談論一種在石頭裡游泳的魚，為了陳述在稠密物質中運動的艱澀之感，他只好折斷自己的一根肋骨，但朋友偏生聽力不佳，逼得他一再重複，直至爛泥般的死去。」從這些以及小說中許多例子，我們看到一種處於對「魂」的依附狀態、時刻被生命流質穿透的身體。在最後一個例子裡，魂不惜犧牲身體以「述行」它難以穿越的語義絕境，為了傳遞這類艱難的思想活動，魅陰人並不吝惜自己的生命。

　　被生命原則自身纏繞的魅陰人的孤獨，於是成為一種「族群形式的孤獨」，他們無法忍受另一個魅陰人的在場，不具形體的魂之間發生類似身體的衝突，「撕咬」，「混戰」。另一方面，他們不斷將自己分子化，成為不可見：「魅陰的血脈與魅陰的孤獨像細沙滲入人世的網格，他們一邊流逝一邊擴散，從存在的反面抵達存在的極限」，「泥牛入海，牛仍在，消失的是海」。由此產生的一個顛覆性結果是，魅陰人流體能將所有人轉變成魅陰人，但這個轉變必須基於以下條件：非魅陰人已經是潛在的魅陰人，魅陰只能被讀作人的生命（生長、感知、衰退）形式之可變性的寓言。進一步看，魅陰代表了那作為重要組件存放於人與

其他生命、但一直未被認領與實踐的不可見的內在生命，該生命脫離了一般生命形式必須具有的諸如生住異滅的時間性——魃陰的消失並非是「最終的」，在該小說語境中，它完全可以是「最初的」，魃陰見證了生命蹤跡之不可終結性。當《山魈考殘編》揭示生命內在之「無」在時間中的循環時，它是佛教的，當它將這個循環推向生命原則本身時，它就脫離佛教而進入神祕主義。相比之下，它關注生命形式之變化更勝於生命在同一形式中之流逝。根據第一章中一個自稱魃陰人後代的口述，「無知的人稱為我為盲人」，「天文學家會看到我的太陽是黑色的，海洋動物學家會看到一隻烏賊盤踞在我的頭頂」，魃陰人對感官對象的知覺（亞里士多德將「知覺」認定為僅次於「自我維持」的生命之第二原則）處於人與非人之間的某個形式，他的盲視其實是一種可調節的顛倒視覺，一種「對陰影的感應」。小說大量論述了被「盲視」所穿透的事物的可見形式，它們開啟對宇宙背景的富有教益的直覺，被稱為「黑色的糕點」。

現在我們可以給出理解《山魈考殘編》中生命原則的兩條路徑：「女性原則」與「影子原則」。我們可以倒著讀《山魈考殘編》以找出一條世界生成的下行線索：它如何從最後一章的先在的「一」（生命起源）下降到魃陰的起源、風俗、遷徙史，然後具體到魃陰人的家族史，再到兩性之間「祕密的決鬥」，最後是《山魈考》這部與魃陰「有關」的殘篇的出版史。我們將從中分離出兩個基本面向：女性原則——「魃陰」作為生命原則在人身上的進入（通過「1和0之間」肥沃的「罅隙」，「性器向子

宮行進的漫遊」）；影子原則——「山魈」作為生命原則在人身上的退出（通過吞吃人影，抵抗文字與記憶，「吸食黑色的骨髓」）。魅陰人躲避影子的同時也追隨影子，而山魈則是拒絕柏拉圖洞穴隱喻的「原人」，因為呈對稱的球形，所以沒有影子。魅陰與山魈是兩個對立的原則，相互吞噬，相互追捕，爭奪那在人身上（借宿於人身體的運動與感知機能）活著的最小部分——靈／魂。正是通過各自代表的這兩個原則，魅陰與山魈這兩個寓言才能相關、甚至重疊起來以進入同一個敘述：「人」作為「另類生命」投於其上的自相衝突、否定著的形式，「人」本來就是那不斷衰減、消逝、再湧現著的純粹易變性。那什麼是影子？可以認為，影子指向了所謂「大寫的生命」穿過人這種經驗形式時所留下的粘連痕跡，人在時間之純粹差異中的通過——這些痕跡帶來書寫與文明，但也阻滯著人對不作用於人的身體與意識的實在的探索。

如果我們發現並不存在一個固定的人類形體／身體，而且人在進化中已不斷遭受感知秩序的自行更改，那我們是否還能設立一個普遍的生物學意義上的自然人，使得生命政治能夠將知識與權力像模具一樣印制在他的肉身上？《山魈考殘編》提供了一個激進的可能：也許並不存在一個可供壓印的平坦的身體，如山魈的形體所暗示，身體可能是「圓的」，它既不流動也沒有靶點，而且，並不存在一個具有固定屬性（不變的運動與感知方式）的大寫的身體，生命質（psukhē）在形式的內在灌注與實現中看不見任何「陰影」，「這權力的形狀」，權力也許對別的東西有效

（如慾望），但它很難作用於生命形式的內部更替——就連基因工程也更改不了基因所攜帶的遺傳信息。魃陰與山魈在主權／權力能夠作用於他們之前早就消失無蹤了，甚至時間對他們的作用也非常微弱。可以說，他們是將相似性本身崩潰化的超政治的始祖。《山魈考殘編》以其想像之豐沛，使得我們可以設想這樣一種存在：它並不主觀顛覆起源之後的任何東西，它僅僅且牢牢持守於生命現象最為內藏的部分，等待時間逆轉後再返起源，它也許會「活著」經歷所有生命形式的喪失，變成「凝煙」或「人石」，它也許得以目睹未來某一時刻死者在沒有神的情況下的復活，那將是沙漏另一端的世界。

超越陌生化：
寫作的衝突

　　從現代主義始，對書寫符號表意方式的激進變革（意象主義、漩渦主義、意識流、間離效果）與重塑對事物之感知的迫切要求（回到事物本身）從根本上動搖了文學自文藝復興以來的對作者、靈感、社會或時代精神的非文本性歸屬。現代主義作為對寫作之潛力被激活後的反應，重新界定了寫作的場所與真實，讓人們理解了技巧是如何產生並作用於文學的。在實踐的領域（現代主義詩、小說）以及研究的領域（形式主義、新批評）出現一個類似的傾向，即在符號學成形之前，人們就已經試圖對寫作的符號化過程進行結構上的探尋與歸納。此種探尋的一個最為明顯的結果，則是寫作的「符號性真實」與其一直承載著的先驗理念之間產生了巨大的形式視差，而時至當代的寫作也從被重新認識的符號自足性中汲取養分。對當代寫作者來說，也許並不存在絕對意義上的新的對象、方法、風格、模式，如果說現代主義對寫作的自反態度懸擱符號所指物的自然存在——是的，要回到事物本身，但事物不僅僅是等待被描述的惰性對象，況且，符號有可

能欺騙——那麼在隨後的寫作實踐中更多是視線與符號的交遇在不斷變化著，更重要的是，捕捉這種交遇的語言的內涵與外延處於一種以符號為中介的可變性。

形式主義者對寫作之中介性質即文學的「陌生化」的發現導向這樣一種認識：文學相對於非文學的差異之處不在於前者對語言的修辭性使用，它的雄辯傾向，它對黑格爾所謂「美好心靈」的某種精神或美學上的吸引。文學之為文學恰在於它對陳腐修辭的拒絕，對閱讀慣性的中斷或逆轉，這通過對客體的某種視角顛倒的間離化（中介化技巧）來實現。文學就是對所謂「文學」的一次拒絕，一次反叛；實際上，文學的這種自我更新的中介之力將其一直保持在「未曾被超越」的狀態。同時，對文學的討論亟待走出「精神」、「靈感」、「想像」這些半哲學、半神祕主義的觀念，從而進入對形式（「表現」之衝突）的探究。人們一直以來視為理所當然的形式之在場其實並不是自明或透明的，因為形式並不是一個包裹著意義核心的果殼，它根本不是裹在寫作外面的任何東西，而寫作也不是一個「結果子」的方式。寫作乃是形式的衝突（詩對非詩的衝擊）瀰漫開去的一種方式。早在1917年，俄國文論家什克洛夫斯基在〈藝術作為技巧〉一文中指出陌生化對於文學寫作的決定性意義：

> 藝術的任務即是讓客體變得「不熟悉」，讓形式變得困難，增大感知的難度與持久度，因為感知的過程本身即具有審美目的性，因此必須被延長。藝術是體驗一個客體之

藝術性的方式；客體本身並不重要。

從詩學（語言之作）的角度來說，什克洛夫斯基也許有理由將藝術直接認定為寫作的活動，藝術與寫作從根本上講不過是人類知覺經陌生化（符號中介化）後的綿延與再生產。由技巧生成的「形式」（文字的幾何）阻斷了讀者對事物－觀念流的受動狀態，例如什克洛夫斯基在文中引用的托爾斯泰對馬的擬人化處理，這使得讀者能以動物的視角、動物的聲音去體驗私有財產制的荒謬。反轉的視角打破了人們對包括意識形態在內的意識之物與無意識之物的自動吸收，使「熟悉的東西」（被吸收的知識）在純粹的符號運動中變得「不熟悉」（並未完全吸收），雖然，托爾斯泰以馬的視角提出的不過是人的異議。在此，寫作僅僅保持為一種陌生化，它延異了我們對世界的認知。

　　二十世紀初，陌生化延異的發現催生了各種激進的藝術流派，戰爭在摧毀文明的同時也摧毀了傳統的表現模式（基於柏拉圖的形式與物相似的理念）。在文學領域，人們強烈地感到某種「反詩學」的必要（格特魯德・斯泰因的實驗散文、路易斯・朱科夫斯基的客觀詩、維特根斯坦的語言哲學）。在繪畫領域，人們也開始分解畫的元素，使它們不再服務於內容並獲得獨立的存在。對陌生化的探索在俄國抽象派畫家康定斯基這裡得到充分的表現。康定斯基的激進之處在於，他對色彩以及點、線、面的離散運用不但實現了陌生化，他更將繪畫符號發展至相互脫離、間距化與陌異化的可能——在此已無任何熟悉之象（視角）可供顛

倒，因為已經沒有故事可以敘述，形式失去內容、變成內容而進入自身界限的尋找。從形式的破裂中放射出的反藝術精神，在康定斯基這裡，因其符號的穿透力和不穩定的相互作用，使得以呈現見長的繪畫在一架高倍望遠鏡中變成為一部點、線、面的殖民史。

形式的解放讓我們看到，藝術不應滿足於創作傳統美學規劃下的哪怕是帶有某種異樣色彩的作品，應徹底擺脫對對象的依賴而進入各種角度的空間（將符號以激發無限意指的方式大膽相連）。元素的組合不僅變得陌生，而且，這些系列淹沒了「熟悉」與「陌生」——形式主義者穆卡洛夫斯基所說的「前置」——得以相互凸顯的整個經驗基礎。將熟悉之物在感知中變得陌生，這並未檢驗該物在相似性中的已被設定的狀態，這只是為了回到熟悉，回到對觀念的體制化的批判。但對於繪畫與寫作來說重要的是，將言說的潛力從這個設定（相似性的陌生化）中解放出來。脫離了「熟悉－陌生」這個對立差異的符號運動將觀者拋投於一個單純的概念上的「非一」狀態，也即是說，拋入概念自身的否定運動的所產生出的交錯、攀升、化解的情形——此即寫作的衝突的遊戲，它的規則（形式）隨著已說出之物的聚集與耗散而發生變化。

今日看來，康定斯基的努力也沒有過時，因他揭示了形式的衝突的重要性，其對寫作的啟發是，我們如何從使用技巧以創造陌生化過渡到將技巧自身（而非內容）作為陌生化的對象，即一種貫穿著自身陌異化的技巧－反技巧的內在轉變過程。新的風格

如果不能從符號之純粹運動中帶出形式的邏輯變遷，如果不能從看似不可能的「新」之純粹性這個點出發，那麼這種所謂的「新風格」不過延續了康定斯基早就看到的在「偉大的抽象」與「偉大的寫實」之間的左右搖擺。以「新風格」取勝的寫作仍未質詢表象與表意——對應的模式，仍以元素或語詞的未經反思的虛無鏡像性來反射對象之面對主體而立的性質，它關心的仍是「怎樣」的問題，它因此也仍是某個遊蕩在舊有形式內的新的幽靈。康定斯基《藝術中的精神》裡寫道：

> 藝術沿著這個「怎樣」的道路繼續走著。它專門化了，成了只有那些開始抱怨觀眾對其作品冷漠的畫家才懂的東西。這樣的時代，畫家通常是沒有說話餘地的。他只有畫出一些平淡的「異樣作品」時才會被人提及。因為這個「異樣作品」，一小群有聲望的藝術資助人和行家才看好他。

如果沒有從形式衝突之可能性出發的勇氣，沒有對技巧－反技巧（陌生化－反陌生化）這個對子所蘊含的礦藏的開採，沒有對藝術之為藝術的習俗規定性的富於變化的思考，康定斯基提示我們，藝術家很有可能就滿足於創作某種「異樣」卻終歸「平淡」的作品。當然，這裡涉及關於「新」也即「原創」的一種政治經濟學，「新」的內涵與價值被慣於求新的觀者、行家與市場所主導，在當代藝術作品高度競爭的語境下，也許正如康定斯基所言，「對成功的野蠻追逐使得探索越來越外表化」，藝術家很可

能只滿足於形式主義所強調的陌生化。此種「新形式」的生產至少保證其作品在外在面目上是能夠「被人提及」的某種有「新意」的東西，然而他們卻忽視了在更小、更細微、甚至不可見的形式（例如繪畫的點、詩的句中停頓）上造成突破的可能。實際上，鮮有藝術家真正關心並投入到某種非觀念性、非市場性的「形式」，也就是被觀者、行家、市場所忽視的看似無關緊要的形式：「如今，一些形式遭到嚴禁或輕蔑，彷彿只是一些重大思潮的殘枝末節，然而這些形式卻在專注地等待著出現有眼光的藝術家。這些形式並未死亡，只是處於休眠的狀態之中。」

康定斯基目光中的「形式」不再是形式主義意義上的形式了，它因其元素之含義無限衍生的可能，因其離散性技巧－反技巧對物象的突破以及對陌異性（符號的純粹生成之力）的輻射性暗示，分享了後結構主義「文本」的形式。寫作向繪畫汲取了自身的分離法則，它意識到文本應能承受符號的脫離、衝突而不必干擾作品意義的問題。羅蘭‧巴特在〈從作品到文本〉一文中總結了二十世紀後半葉法國文學、哲學寫作中「文本」對「作品」的顛覆。巴特以為，如果「作品」仍處於現代主義與闡釋學布置之下「使之為新」（make it new）、「使之陌生」（make it strange）的期待性視域之內，那麼「文本」的生成則脫離了這個視域。文本不再滿足於符號（在康定斯基那裡則是繪畫元素）的諸多特徵（意指功能、修辭、物質性、文學性）對「意義」的綜合決定，如巴特所言，文本僅僅提供一個意義－非意義－類意義之鄰近的安住：「文本不再滿足於成為（好的）文學；它不能被

納入任何一個等級制，哪怕是單純的體裁的區分。正好相反，構成文本的正是它對舊有的分類的顛覆性力量。」文本的觀念溢出了舊有的區分，實現了元素之間不可能的聯繫，將之置入陌生化與陌異化相交錯的遊戲。如果如巴特所言，文本不像作品那樣向著一個所指關閉而是實踐著解構意義上的「所指的無限推延」，那麼在理論上，文本的顛覆力量足以讓它脫離一切具有框架性質的指涉、歸類、中心化、主題化從而無限地接近文本自身的他者——符號的死亡。

我們有必要在巴特之後重新審視與寫作命運攸關的「所指的無限推延」，這在康定斯基的繪畫中已被先行預示了，但其引發的有關寫作實踐的諸多問題遠未終結。例如，具有顛覆性力量的作品——在「陌異之實現」而不是「向著所指關閉」的意義上來理解——如何從這意指的無限的脫落中縱身而出？如何讓文本充分吸收精神分析與西方馬克思主義意義上的「受壓抑之物」的回歸，從而自文本自身的關閉與敞開中，不僅讓我們能「回到事物自身」，也即回到大寫的衝突，同時更將我們拋入一切觀念的非正統的在場狀態？換言之，寫作如何從形式主義的「使石頭成為石頭」過渡到使石頭不止成為一塊石頭，或者，以德國小說家赫塔・米勒的話來說，發現石頭「已經越過了石頭的界限」，使石頭在符號運動中變成異於石頭的某物，以便分析世界在語言中的斬獲以看清文學陌生化的某個界限？

為觸碰這個界限，後結構主義（文本）之後的寫作要求我們更深刻地回到讓文學成為文學的東西，回到對形式（固定形式、

開放形式）、技巧（陌生化）、元素（意象、比喻、象徵）的辨識，這使寫作具備與「現實」相交錯的藝術潛力，況且，寫作已然露出文學陌生化的痕跡，寫作質問這些內置的痕跡以在決定的一刻將之放棄。離開文學的寫作也許將一無所是，這個決斷是危險的，但這也許正是寫作開始的時刻。克服了文學的寫作將能夠在形式的大海上衝浪，或潛入任何一種形式的深處，因為它熟知所有的形式，且比文學更自由、直接，前提是它消除了陌生化中回返至熟悉之物的固化。如果文本對意義的無限推延已經迫使寫作進入純粹「新」之生成維面，那麼有理由相信，陌異之詞能穿越文學技巧發出自己的而不是集體的時代的聲音。很多時候，「時代之聲」不過是寫作者被現實擠壓後的一聲尖叫，而這個時代不乏各類高聲的宣言。然而，超越陌生化的寫作意味著寫作者從根本上揚棄表象－表意這個慣性聯合體，當然，不僅在黑格爾的「既保留又超越」的意義上，也是在「宣布（一項法令）無效」的意義上，即在現象學的「懸擱」（存而不論）的意義上來理解這越過陌生化的關鍵一步。

實際上，當代寫作實踐中已有不少文本顯示了文本如何開敞於自身的陌異，觸發於技巧的揚棄，突破傳統的時空表象之維，例如法國作家雅貝斯（Edmond Jabès）的七卷本《問題之書》（1963-1973）。恰如巴塔耶的介於文學與哲學之間的大量原初體驗的寫作，雅貝斯的《問題之書》充分實踐了文本之為所指之無限推延的可能，詩、哲學、虛構的區分在此被淹沒於強大的回旋的發軔之思，在這個充溢了非功效能量的空白的場所，一切皆

有可能發生，一切被置於語詞、概念、聲音的相互脫離、相互突入的遊戲。如同康定斯基畫中的抽象元素隨時準備飛離限於其上的形式統一性（雖然這個統一性已顯得微弱），《問題之書》在其寫作之裂隙中也隨時準備脫離任何「書」之為書的諸如作者（上帝）、主題（中心）、敘事（因果律）的文學性規約。然而，它並沒有過快地超越統一性而是僅僅將自身保持於「脫離」的姿勢，保持於「書」的概念、邏各斯的概念（「時間與書一同開始」）以便無限地突破概念，在詞語的多重提問中把「書」之寫作帶向空白之域的邊緣。

　　作為一個如巴特所言的「去到陳述的規則的邊界（合理性、可讀性）」的文本，《問題之書》在大寫而獨一的上帝之書（猶太教聖經）與小寫的無盡的闡釋之書（虛構的拉比們）之間展開針鋒相對的辯論。每一卷書與另外的書重疊，每一卷書包含無數的更小的書，每一卷書既是單獨成立的作品也是可一再推衍其意的文本，其合力也如無盡的波浪拍打著書的統一性的此岸。在此，寫作已經成為一種無限內在的更新，而寫作者已被寫入書中：「你夢見在書中擁有一個位置，即刻，你變成被眾多眼睛與耳朵共享的一個詞語。」在大量的諸如此類的概念的陌異轉移中，雅貝斯的寫作持續地處於一種符號生命之「新」的觸發狀態，在此狀態中，文學的技巧走向自身的消失的中介，不再為了揭示熟悉之物的形式化陌生，而是僅僅揭示語言與世界的糾纏，或借用美國語言詩派的說法，「世界粘著語言的方式」：

我隨著翻開的那一頁起床，隨著合上的那一頁躺下。我能夠回答：「我屬於詞語的種族，家園因詞而造」——當我意識到這個回答仍是一個問題的時候，這家園受到威脅。我將喚起那本書並挑起那些問題，如果上帝存在，那是因為祂存在於書中。如果智者、聖徒、先知存在，如果學者、詩人、人類與昆蟲存在，是因為他們的名字在書裡被找到。世界存在，因為書存在。因為存在意味著與你的名字一同生長。書即是書的作品。

存在具備了語言的風險，於符號的辨別中變得與「書」具有相同的外延。通過寫作的無限化，我們也許能洞察存在的無限（寫作的奇妙之處在於讓人經驗到書之界限的兩側），因為「書首先在它的界限之外被閱讀」，更加因為：

> 在書與書之間，在它的標題與標題的缺失之間，有被穿越的一段距離。有這麼一個時刻，書頁上失去了令人心安的蹤跡，對你或任何人來說，不再有蹤跡了，當空白的穿越在空白之內被完成。

失去蹤跡也就意味著失去了可辨認的技巧、形式、語調以及陌生的相似性，也失去了文學語言向著現實投下的誘惑的假象之光暈。然而，在當代寫作中首要的問題是，在放棄了所謂「文學」的操持後，我們能否穿越這思想的巨大空白？實際上，這

在很大程度上取決於我們能否進入「讓新的東西說話」的狀態，也就是在寫作中進入一個沒有現成表述、現成思想可資利用的狀態並試著繼續寫下去，表述下去，經受形式的削減，直到發現一種更靈活的形式，一種對舊有形式產生吸收的形式，一種與自身衝突著並於此衝突中解開寫作之結的形式。此類無異於「災難」（與自己的守護星座相分離、不再處於想像的幸運的狀態）的寫作態度，在布朗肖《災難的寫作》（1980）一書中得到了更為陌異的表達。這本與《問題之書》同樣討論寫作的書，似乎也沒有「書」的邏輯統一性，它由格言、片段組成，但這並不意味著它在寫作的自足性方面有所缺乏。每個片段自成一體，如尼采晚期筆記，在總是已經被重寫的概念中行進：

> 閱讀，寫作，一個人在災難的監控之下生活的方式：暴露於不同於任何激情的受動性。遺忘狀態的加劇。並非你在說話；讓災難從你之中說話，甚至讓它成為你的遺忘或沉默。

在這段非文學、非哲學、只能稱之為寫作的文本中，陌生化讓位給陌異性，技巧讓位給不可定位之物的符號性湧現。在突然被打開的話語空間，寫作既定的形式、意義、功能、目的已被遺忘、揚棄，已讓位給對創作之敞露狀態的籲請。進而言之，這個敞露已開始了某種類型的寫作，它從一切形式中析取讓形式成為形式的東西為自己所用。它讓我們辨認出浮上形式的水面的東

西，那與形式一直保持某種親密關係卻未在形式中直接顯現的東西，那個源於形式的衝突卻又不可還原為此衝突的放射。

　　寫作的問題：觀念與概念之陌異轉移的發生，乃至陌異於一切技巧，成為寫作的陌生人，處於不再能夠寫作的狀態。深入形式（概念）關係之中的寫作必須另闢蹊徑，也注定一再承受災難觀照下既定觀念的分解與瀰漫，體味從寫作之中流溢出來的反對任何文學技巧、文學修辭的生成力量。文學的他者，也即暴露於寫作的純粹的寫作、獨一的觀念的生成，如果還沒有被文學的各種習慣性勢力毀掉，能否恰當地被指認為從陌生化技巧到陌異化（邏各斯之變）的轉移？概念在辯證運動的中途脫離了否定的循環，不再回返至未經中介的自身——這個離心運動也許能創造前所未有的文本，但它也許只是寫作的另一場災難。然而，作為陌異性的起源，寫作者自身很有可能不堪於這樣一種認識，即自己已經進入了寫作的空白，進入差異於陌生化的維面，而新的寫作正等待著那個有所預感卻毫無準備的人。也許寫作的遊戲，不過就是以某種方式去預示、回應、勾勒這個對於文學陌生化來說仍然陌生的他者，哪怕說出這個他者的語言因不再起限定作用而變得難以想像、難以把握。因為這是思想自身產生轉變的沉默的語言，它拒絕了輕易的理解，而文學的現有的觀念——修辭的機制、歷史的建構、主體的位置等等——也都在寫作從陌生到陌異的穿越中變成了某個邊界處的活動。

▌誰將我們拋入同時代？

「事件堆積著事件。」

——拉什迪

　　對於「同時代」的必要性，一時難以決斷，必要的未必緊迫，緊迫的未必能無背離地說出。以時代而論，我寧願不在同時代、異時代、任何時代的光芒中被找到，因為只有一個人的時間，借來的時間，從永恆裡扯下的一小塊，並沒有時代，世代，世紀，千年——這些斷代時間觀在猶太－基督教乃至諾斯替教中，倒是必不可少的，每一個世代都有自己的啟示，自己的《托拉》，都走在通向某段歷史終結的路上。也許有更好的詞來描述詩人（具神祕個性的人）與身處的環境之間的關係而不必提及時代，更不必說與之同步了。至少，精神分析已將認同揭示為與父名有關的意識或無意識活動——通過能指的奇異縫合，總有什麼將同時代的漂浮的話語縫在一起，總有什麼又從那個裂口噴薄而出，如全球、國家、社會等等。這些向來就缺乏現實性的觀念，因對「我們」的訴求而成為日常生活中縈繞不去的某種真實之物。

我們，如拉什迪筆下一同誕生於午夜的孩子，是否因同時代的魔咒而被迫變成見證歷史的一群？或者我們早已被縫入各個時間的褶皺，注定要以混雜的線索講述自己獨一的時間的故事？「我們在一起是無關緊要的，重要的是每個人運用自己獨特的稟賦。」在我們與時代關係這個問題的背後，是否隱藏著我們與單一生命之時間的更為本質的聯繫？拉什迪小說《午夜之子》的敘述者撒冷・西奈與他以心靈感應喚起的那些孩子們，是否處在阿甘本意義上「同時代」的關係中？撒冷不僅在頭腦幻覺中一次次召喚這些天賦各異的孩子，與之辯論過去與未來，他還在生活中遭遇他們，與他們之中那一個與他同時誕生於午夜時分，卻被掉包，因此成為他的強力一面而浮現於歷史的人做鬥爭。這場「同時代」的鬥爭，在拉什迪這裡，被呈現為金剛不壞之神（Saleem）與毀滅之神（Shiva）的鬥爭，也是時間的不可摧毀性與可終結的諸時代之間的衝突。

　　此衝突引發我們對時代的認識，它既將不同時間點的「我們」串聯成一股衝向時代之終結的浪潮，也因我們各自稟賦而分離我們於不同時空。在一次次戰爭、隔離、遷徙中，我們聚到一起又彼此分開，一次次與歷史一同開始，又淹沒於它的災難。「我們」這個詞，在一個一切似乎已經同步而非同時代——後者在阿甘本以及拉什迪看來，恰好需要引入年代斷裂——的時代，是否已不合時宜？絕對的同步（我們離它還有多遠？）既是一切世代的終結，也是目的論規劃下生物進化的最終狀態：一個巨大的太陽般的時鐘將銘寫時間的一切異文版本，將敲響各個國家、

各個種族、各個廣場的時間，聆聽它的人卻已經消失了。所謂不合時宜者（unzeitgemässe），不僅與客觀時間及時代有所間隔，更處在難以衡量的非時間（Unzeit）、幻覺時間、借來的時間，這不僅包括尼采，還有波德萊爾、曼德爾斯塔姆、拉什迪等試圖以倒錯的符號法則來敲響各自時代之鐘的人。在他們對人類文明這個時差集合的後視鏡式表象中，一切都被縮放、顛倒，一切既是尚未，也是已然，既是重疊，也是斷裂。保羅‧德曼也許會說，不合時宜者處在與自身時間性的反諷的間距中，處於一陣笑聲中，這無異於一種偉大的「自我觀看」。

是的，自我觀看，對自身性的觀看，好比一個人拿著批判的尺子量了一下剛由另一人量過的時代的周長，發現有所短缺，那麼其中一個會被稱為不合時宜。這與詩意無關，這不過是比較與衡量、考掘與掩埋、贊同與否認的運動。最終我們會發現，真正不合時宜的不過是生命政治這進化斷層的出現——它不應發生在這裡，宇宙裡沒有它的位置。這被氣流層層包裹的自行旋轉的行星似乎不關心，其實也從未關心過，我們、你們、他們之間的歷史性時差與其調整。以進化而論，新世界與舊世界並非絕然相對——曼德爾斯塔姆已看到這一點——相互競爭的生物在所有世代面臨相同的生存任務，如今，這競爭表象為爭奪最大時區的努力。當然我們逐漸明白，在地球／太陽這個系統中，什麼合適宜、不合時宜，何物之為黑暗、之為光芒、之為希望，不過是生命政治對時間性本身的一種理解。這股驅使著諸世代的毫無區分的自行運行的盲目之力，這將我們趕到一塊兒的東西，對我們來

說還是陌生的，詩人也只是切線似地觸及它。

如果我們將一個與時間性有關的否定詞置入向來缺乏時間性、也即缺乏對人有限性之認識的語境（該語境下的人還未開始），會有什麼結果？該否定詞「不合時宜」（unzeitgemässe）將難以履行它的否定，因為它所否定的東西——屬於時間的、與歷史一同開始並保持為它鄰近之外部的某物——在該語境中並不存在。在一個缺乏終結之觀念（無論形而上的還是彌賽亞末世主義的）的地帶，是找不到時間性的，也無永恆，只有規定好的日程安排，只有輪迴。在這些或緊張或鬆弛的回返的日子裡，確有不合時宜的觀察，瘋狂的舉動，但它們是否終究落入了時代的反諷——這裂隙有吞噬一切的可能？瘋狂之為瘋狂，也許並非如德希達所言，是理性內部的事務。瘋狂之為瘋狂，恰好在於人們毫無理由地總想做點什麼來影響他的時代而非改變它的時間，拉近那個離我們最近的「我們」，改寫其真理內涵，將之變成時間陣營內的身分接口系統。如此，每人都與（哪怕是相互衝突的）時代精神相通。事實上，當代人就是那個連通本身。賽博人（cyborg）已證實他與所有人同步，他能進入所有人的時間，但他自己卻沒有時間，可以說，他不需要它了。

當代，作為時代之絕對接合，有何存在的必要？如果人類已無可逆轉地進入全球範圍內集體做夢的當代，如此當代其實並不超越《時代週刊》所定義的當代，極致的當代，與所有國家時間、政治時間、歷史時間同步的最後的消失的當代。所以問題是，如此境遇下的我們還有做不同的夢的權利？這睡夢與現實的

時差不正是定義「我們」的東西？至少拉什迪小說暗示了這一點。在夢的狀態（寫作狀態、幻覺狀態）中，我們是否還與政治上的他者處在難以言明的沒有關係的關係，也就是至高的關係中？反諷的是，不合時宜者絕不滿足於時間之無所衡量，他必要求時代為之見證。在歷史裂隙永久地不可回返的當代（拉什迪回返了，但並非回返，他從此裂隙處說話），缺乏時間性的不合時宜者既難以忍受文化崩潰後的虛無主義的非時間，也不可憑藉對非時間之物的領受（如猶太神祕主義者對 Shekhinah 的領受）從而一舉超越正在終結著的現時。

　　所謂不合時宜，不過是詩人在介入政治寫作這個領域時的精神緊張。當大寫的歷史、奠基事件從那裂開的、大笑的反諷之洞掉下去（其墜落一直伴隨「我們」的成長），當個別之人為抵擋虛無主義之侵襲而不惜被塞入時代焊接工手中的槍管，以製成事件的強力原料時，有關「我們」的話語就以極端當代的形式出現了。我們，就是那最後的人，最後時代的最後的人。此時，所有人都宣稱感到獨一的時代的危機，都對時代之暗投去意味深長的理解的目光，卻無一不收到寄給時代的那封信，如投向一個匿名的夜晚，繞過不可穿透的時間的延續又回到自己手中。布朗肖的《黑暗托馬》發展了這個悖論：「他把他們當成他的影子或當成已死的靈魂，吸入他們，舔噬他們，將他們的軀體往自己身上塗抹，他也接受不到絲毫的感覺或形象。」托馬這個從太陽（感覺與意義之源）之下消失的人，其晦暗性不僅在於他幾乎不說話，不以語言表達自身，而在於他喪失了人與環境的時間性中介

——時代。可以認為，與頭腦中充滿同時代聲音的撒冷相反，托馬（異教傳統中的《托馬之書》記載了使徒托馬與耶穌關於末世感官的對談）活在一切時代消失後的陌生的時間裡，他分辨不出作為夜晚的夜晚，黑暗對他來說已失去可見性。他無需再像尼采（以及傅柯）那樣追問：歷史如何作用於生命？相反他提出的問題是：在生命的範疇消失後，如何還能有歷史，還能有時間？托馬擁有另一國度的祕密卻不分享。

在阿甘本對曼德爾斯塔姆〈世紀〉一詩的解讀中，詩人作為承受力最強的人，擔當了時代這頭怪獸脊背上淌血的裂縫。這是阿甘本詩性的一面，他十分接近詩人的自述：「本世紀的脊骨已經碎裂。詩人，就其為同時代人而言，正是此斷裂，正是那阻止時代自我創作之物，又是那必須縫合此裂縫或傷口的血。」這裡實際上隱含了一種類似生機論的比喻：時代可視為某種具有生命之物，它並非各個時點的機械聚集，相反它有靈魂，會衰老，會崩裂流血，而它流出的血不是別的，正是毫無區分的無關緊要的自然（地球／太陽）時間。這「虛弱而殘酷」的時代——十月革命、十九與二十世紀之間的殘酷接縫——在人類苦難的哀聲中已經奄奄一息，衰老僵硬，爬不上新世紀的門檻了，只好回頭注視自己留下的蹤跡，白痴般的瘋狂地笑著。這個蹤跡也是詩人一生的軌跡，一個希臘時間與蘇俄時間瘋狂地「同時代化」之後留下的生命印跡。如阿甘本所言，時代／世紀既指「單一個體生命的範疇」，也指「二十世紀的集體的歷史時期」，然而我們並不清楚這單一個體生命如何穿越歷史時期，該詩通過野獸隱喻將二者

合為一體了,在詩裡,個體生命的裂隙被等同為歷史的裂隙——淌血的脊背。

　　阿甘本堅持認為詩人必須注視自己的時代直到看到它的黑暗,但如果黑暗本身不是一種可以被「看到」或「注視」的東西,如果時代的黑暗,恰如動物脊柱之間的空洞,本質上是不可見的,那麼詩人要彌合的就不僅是「破碎的世紀的脊骨」,還有兩條脊骨中間那段虛空,也就是時間自身無差別的脫節的虛空,並在其中吹出時代的裂音。詩人已無法彌合任何東西了,他不過是一頭受傷的年邁的動物,滿懷希望注視嬰兒般的大地,而自己的傷口卻流血不止。曼德爾斯塔姆問:「誰能用自己的血／彌合兩個世紀的脊骨?」這最好保持為一個問題以阻擋世紀初的人的傲慢。克萊爾‧卡瓦納認為,曼德爾斯塔姆「不過是一個垂死時代的病懨的孩子」,無力從文化廢墟中吹出新的笛聲以連接新世紀。詩人審慎地知道,去經受布朗肖稱之為的「第二夜晚」的非時間,比經受時代的黑暗更艱難,這要求切入時代至為內裡的無光暗區分的地帶,那裡既無不合時宜的血跡,也無必須坐穿的時代的牢底,而是一個單一生命時間不斷消失其中的純粹的敞開。曼德爾斯塔姆在某處說:「在神聖的瘋狂中,詩人說著所有文化、所有時代的語言。沒有什麼是不可能的。舊世界的門在眾人面前敞開如臨死之人的房門對每個人敞開。一切成為公有財產。來吧,拿走你想要的。」或許這就是一個詩人能夠宣稱的同時代,挑選一切的最後的時代,它釋放了此前所有世代的生存與死亡,讓它們重新進入時間。

死亡、恐懼與他者

　　黑夜裡，恐懼襲來，它告訴我，你將孤獨一人，你將永遠如此，直到死亡⋯⋯

　　早晨，來到教室，學生整整齊齊坐在下面，你走上講台，掏出教材，打開，上面一個字也沒有，全是白紙。白紙啊。你的臉也霎時變得紙一樣白。你孤獨地站在那兒，支支吾吾，下面學生一個個正襟危坐如法官。你走下去，翻開他們的書，上面的字密密麻麻，一個也看不清。他們帶著渴望的目光看著你⋯⋯你驚恐萬分，手抓牆壁，從黑暗中醒來，你還沒有死。

　　我的死，本己的死，不可共享的死，在眾目睽睽之下死去。我早已在垂死者那裡觀摩了死，以為可以有所準備，但根本沒有看到死本身。死不在垂死者身上現身，死厭棄死者腐爛的氣息。死亡喜歡鮮活的事物，它羨慕它們。大白天死亡躲在影子裡，尾隨你，步伐時快時慢，在你轉彎時突然站在你面前。一個衣衫襤褸的老婦人，喘著氣，問：「你為什麼走這麼快，讓我如此辛苦地追趕？從你的出生地一直追到這兒，我有你的一封信。」你打開信的瞬間，世界已不復存在。死亡通知已抵達收信人，不論在

家還是在路上。你要打開它，它為你等待了一生。

在路上，在趕往某處的中途，遭遇死亡的中途。死為埋頭趕路的存在者帶來一個消息，一個徹底改變存在者之本質孤獨的消息。這消息是你久已期待、但又一直在生活中奮力抗拒的。這消息將你整個存在的目的與意義置入深淵。我們久已習慣了沒有他者的生活，不是沒有他人，而是沒有他者──「我思」之外的陌異他者，那賦予存在之差異的無差別者，茫茫人海中直呼你的名字、轉而不見的他者，一次次重複的錯過。

無法想的象，不可照的面。任何宗教源出於此無差別者。夜一般不可知的、意識之外的他者帶來了死，恰在生的中途。這樣的死也許並沒有否定、終結我的生命，毋寧說，它令我曾經的生命顯現出有別於生的意義。死亡所終結的，乃是孤獨，我終於能夠鬆脫於自身。死亡也在趕一條同樣的路，就在身後一步，在最疲倦的時候給你慰藉。你不孤獨。

為……而怕，關於……的怕，朝向……的怕。恐懼預設了一種開放性，享樂主義的我並不是密不透風的，它能夠遭遇他者，讓他者進入，讓恐懼進入。在家狀態的我也不是一個封閉結構，必有看不見的縫隙讓他者的光芒，死的光芒，得以照入。「不可照亮之處，一扇門將被打開。」

我轉身看見黑暗角落裡，步步跟隨的影子，我感到恐懼，怕我會死，死卻告訴我不要怕，真正值得怕的是他者的離棄，是我與他者的永恆分離。我怕自己的死，但我更怕他者的死，我怕死亡會死，怕它已被毀掉，為此我放慢腳步。

▎懸浮詩

2007年，在武當山南岩的一座宮殿，我看到了著名的「龍頭香」，石頭雕成的龍頭狀香壇從殿內往外橫空而出，底下是萬丈深淵。聽說在古代，真有人爬過去燒那炷「天下第一香」，那時，他的雙腳懸於空茫的大氣（騎著龍頭），他一定不能往下張望或有任何與燒香無關的念頭，他的精神必須完全凝聚在燒香這行為上，又不能過於緊張，否則身體會僵硬，歪斜，搖晃以致墜落。騎虎難下，稍有閃失就粉身碎骨，神靈如此要求，這是它對人的心靈的一種考驗。有人認為不值得拿生命冒這迷信的險，或許世上並無神意，香氣彌散而已。大談道教的有識之士在龍頭香面前一再猶豫，認為這很可笑，違背常理，屬於野蠻、危險的「宗教原旨主義」。

也許有一種極虔誠的詩，如一個生命的玩笑，它不在任何意義的平地或平面上行走，從絕壁往外延伸，如天地間一炷香，瀰漫於稀薄的大氣，它的奇香一層層環繞絕壁處轉身的人。列子向伯昏無人學射箭時，伯昏無人採取了一個類似的姿勢，他倒退著走向懸崖，直到腳掌一半垂在懸崖外，然後請列子過來。此時，

自以為無人可及的列子已經大汗淋灕，伏倒於地。天氣好的時候，列子在山間採擷詩句，山下模糊一片，不辨牛馬，他時而往上，時而向下，忽左忽右，若即若離，來到懸崖邊，獲得一個高度，異香浮動，他坐在岩石上，看那些鳥從絕壁起飛，棲於橫空而出的樹幹。有的詩句停在飛鳥不到之處，常有雲朵飄過來遮住它們，在深淵兩側投下詞的傾斜的陰影，聲響從密林一瀉而下。

　　山腳的居民對懸浮之詩捏一把汗，擔心它會掉下來，摔死在意義的岩石上。就算列子，乘風而行時也有恐高症，恐高即是對墜落的渴望與恐懼合二為一。一個詞，以那樣的方式說出，即讓人懸浮或墜落，在懸浮中設想墜落，從一個墜落跳向另一個，空間化的心靈恰好能夠承受凌空的一躍，自身並沒有改變位置，只是站到一個不可能的地方。想一想站在武當龍頭香或黃山飛來石旁邊的感覺，落差化入內心，另一顆心站在那兒，在想像的深度中一直下墜，穿過彩雲和落日。一顆石子落入水潭，不可轉述的奇妙下沉，層層漣漪，比死更愉悅，比愉悅更殘酷，透明之物在瞬間被割開，又恢復完整，被光圈罩著，不太痛，微微發麻。與香客或伯昏無人相比，詩人總是已經說得太多，太多的浮板反而讓人不安全。設想一種詩，以一支燭光的力量，浮在目光罕至之處，就在失去的邊緣，獲得一個高度。這一切不是地形學的隱喻，在內意識中無地圖指引，藉著那一縷微弱的飄浮的香氣，或許終能到達。

語言文學類　PG2613　文學視界129

繆斯之眼

作　　者／馮　冬
責任編輯／洪聖翔
圖文排版／楊家齊
封面設計／蔡瑋筠

發 行 人／宋政坤
法律顧問／毛國樑　律師
出版發行／秀威資訊科技股份有限公司
　　　　　114台北市內湖區瑞光路76巷65號1樓
　　　　　電話：+886-2-2796-3638　傳真：+886-2-2796-1377
　　　　　http://www.showwe.com.tw
劃撥帳號／19563868　戶名：秀威資訊科技股份有限公司
　　　　　讀者服務信箱：service@showwe.com.tw
展售門市／國家書店（松江門市）
　　　　　104台北市中山區松江路209號1樓
　　　　　電話：+886-2-2518-0207　傳真：+886-2-2518-0778
網路訂購／秀威網路書店：https://store.showwe.tw
　　　　　國家網路書店：https://www.govbooks.com.tw

2021年7月　BOD一版
定價：280元
版權所有　翻印必究
本書如有缺頁、破損或裝訂錯誤，請寄回更換

讀者回函卡

國家圖書館出版品預行編目

繆斯之眼 / 馮冬著. -- 一版. -- 臺北市：秀威資訊
科技股份有限公司, 2021.07
　　面；　公分. -- (語言文學類) (文學視界 ; 129)
BOD版
ISBN 978-986-326-944-1(平裝)

　1.詩評 2.新詩

821.887　　　　　　　　　　　110010506